웃는돌고래 어린이책 작가 에세이 6

풀꽃과 살아가는 날들

풀꽃과 살아가는 날들

첫 번째 찍은 날 | 2020년 1월 9일

지은이 | 안경자
펴낸이 | 이명회
펴낸곳 | 도서출판 이후
편집 | 김은주
표지 및 본문 디자인 | A. Lance
ⓒ 안경자, 2020

등록 | 1998. 2. 18.(제13-828호)
주소 | 10449 경기 고양시 일산동구 호수로 358-25(동문타워 2차) 1004호
전화 | 대표 031-908-5588 팩스 02-6020-9500
블로그 | http://blog.naver.com/ewhobook
ISBN | 978-89-97715-70-1 03810

이 도서의 국립중앙도서관 출판시도서목록(CIP)은 e-CIP 홈페이지(http://www.ni.go.kr/cip.
php)에서 이용하실 수 있습니다. (CIP 제어번호: CIP 2019049862)

웃는돌고래 어린이책 작가 에세이 6

풀꽃과 살아가는 날들

안경자 지음

웃는돌고래

2부 풀꽃과 함께한 나날들

1부

내가 만난 풀꽃들

개
망
초

사람마다 생김새가 다 다르듯이 풀꽃도 생김새가 다 다르다. 비슷하게 생긴 동생쯤 되어 보이는 풀도 자세하게 들여다보면 다른 점을 발견하게 되는데, 줄기·잎·꽃을 잘 관찰해 보면 알 수 있다. 책을 정독해서 읽어 내려가는 것처럼 풀의 생김새를 관찰해야 한다. 그래야 제대로 풀 그림을 그릴 수 있다.

큰개불알풀꽃

이 풀은 자기 의지와는 상관없이 민망한 이름으로 세상 사람들에게 널리 불리게 되었다. 꽃말은 '기쁜 소식'이다. 요즘은 부르기 민망하여 '봄까치꽃'으로 새롭게 고쳐 부르는 이들도 많아졌다.

처음 큰개불알풀을 알고 나서 누군가 물어보면 쉽게 알려주기가 곤란했다. 쉽게 입에서 이름이 튀어나오지 않았다. 지금은 이름을 자꾸 부르고 듣다 보니, 익숙해져 민망함도 덜해진다.

사
초
과

식
물

사초과 식물들은 그다지 이쁘지도 않고 특별하지도 않은, 흔하디흔한 잡초들이다. 꽃은 있어도 있는 듯 없는 듯하고 줄기는 가늘고 긴 대가 휘청거리고 있고, 잎은 나란히맥을 갖고 있는 밋밋한 모양이다.

고생하면서 찾아다녀서 그런지, 볼수록 이 식물들이 친근하게 느껴졌다. 줄기와 잎이 바람에 능청거리는 몸짓과 햇살에 비친 풀색은 다른 예쁜 꽃을 가진 들판과는 다른 멋이 있었다. 부드럽고 잔잔한 소나타 음악을 듣는 것처럼 아름다웠다. 아니, 멋있게 보였다.

우리 동네는 식물 관찰하기가 좋은 곳이다. 식물 세밀화
를 처음 시작했을 때는 보고도 무슨 풀인지 몰라서 멀리
수목원이나 들로 산으로 나무와 풀을 찾아 헤맸다. 식물
공부를 하고 나니, 그렇게 찾아 헤맸던 바로 그 나무와

풀들이 동네 산책길, 나 사는 가까이에 살고
있었다. 내가 그린 식물들을 만나면 인사하
게 되고 말을 걸고 싶어진다. 어루만져 주고
싶어진다. 잘 지냈니?

꽃마리

노란 꽃창포, 보라색 아이리스들 사이, 낙우송 아래쪽 작은 연못 주변에는 물망초꽃들이 앙증맞게 무리지어 피어 있었다. 물망초꽃은 꽃마리 꽃과 비슷하다. 꽃마리는 우리 동네 풀밭에 지천으로 깔려 있다. 윗부분이 또르르 말려 있고, 꽃은 아래부터 차례로 피어 올라간다. 꽃이 물망초꽃보다 작고 귀엽다.

아
카
시
꽃

동네 골목 담벼락을 지날 때면 라일락 은은한 꽃향기 맡으며 좋아라 했다. 라일락 꽃향기가 동네에서 사라질 때쯤이면 야산 어디선가 바람 타고 진한 꽃향기가 사방으로 퍼지기 시작한다. 라일락 꽃향기 같기도 하고, 아까시꽃 향기 같기도 하고……. 아무튼 내 코를 헷갈리게 만들었다. 그때쯤이면 나가자, 놀러 가자, 그 꽃향기가 유혹한다. 아까시 진한 꽃향기에 취해 나는 벌처럼 이리저리 쏘다녔다.

마름

히로사키역에서 버스를 타고 시내 관광을 했다. 시청에서 내려 근처에 있는 히로사키성이 있는 공원으로 갔다. 공원 입구 둘레 연못 가득 마름이 둥둥 떠 있다. 우포늪에서 징글징글하게 봤던 수생식물이다. 낯선 곳에서 아는 식물을 만나면 반갑다. 그리고 그곳이 친근하게 느껴진다. 나는 그렇다.

나비

남방부전나비

작은주홍부전나비

작은멋쟁이나비

꼬리명주나비

호랑나비

배추흰나비

노랑나비

네발나비

갈구리나비

우리집은 안양천과 가까워 그곳에서 식구들끼리 인라인도 타고 자전거도 타곤 했다. 주말이면 안양천변의 식물들을 보러 갈대와 물억새 가득한 천변을 산책한다. 그곳에서도 나비가 보였다. 나비에 온통 관심이 쏠려 있을 때라 그런지 나비만 보였다. 환삼덩굴이 많은 곳에는 네발나비가 보였고, 쑥이 많은 곳에는 작은멋쟁이나비가 날아다닌다.

김장

새벽에 4시 30분쯤 출발해서 8시쯤에 정선에 있는 농장에 도착했다. 농장 주인이 놀란다. 농사 지은 지 몇 해 안 된 젊은 농부였다. 배추 사러 직접 찾아올 줄은 생각 못 했다며 반가워했다. 밤 사이에 살짝 얼어 버린 배추를 밭에서 뽑아서 차 안 가득 실었다. 인심도 후해서 덤으로 많이 주셨다. 그것이 인연이 되어 올해도 김장배추 사러 간다.

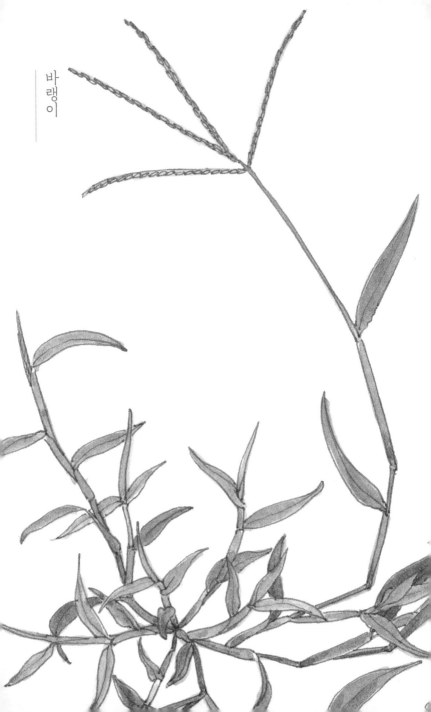

바랭이

바닥에 뿌리내리고 사는 풀. 바랭이는 한해살이풀로 줄기 가운데는 비어 있고, 땅바닥을 기면서 가지를 뻗는다. 농부들에게는 지독한 풀이다.

우리 부부도 지독하게 살았다. 앞으로는 좀 더 여유가 있었으면 좋겠다.

엄마의 텃밭

엄마는 당신이 너무 고되고 힘들 때면 늘 입버릇처럼 "내년에는 줄인다. 올해는 심은 거 아까우니 마무리만 할 거다." 하지만 막상 새해가 되고 봄이 되면 다시 시골로 기차 타고 가신다. 겨울에 쉬면서 다시 잘해낼 거 같은 마음이 생기는지, 힘들다 하시면서도 다시 농부의 마음으로 향하고 있었다.

콩

콩 종류가 너무 많았다. 난감했다. 잎, 꽃으로는 구별하기가
어려웠다. 그 콩이 그 콩처럼 보였다. 열매가 다 자라야 알 수
있는 노릇이다. 다 익은 콩을 엄마한테 들고 갔다. 이건 강낭
콩, 이건 동부, 검정콩, 서리태, 이건 팥, 녹두……. 엄마는 다
알고 계셨다. 심는 시기를 여쭤 보면 줄줄줄, 농사에 관해서는
어찌 그리 잘 아시는지.

콩나물

하루에 서너 번 정도 물을 듬뿍 준다. 이렇게 6일 정도 기르면 나물 해 먹을 정도로 콩나물 줄기가 자란다. 까만 비닐봉지에 담아 냉장고에 보관해서 콩나물 먹고 싶은 날 파, 마늘, 깨, 소금, 참기름 넣고 조물조물 무쳐서 먹으면 마트에서 산 콩나물보다 훨씬훨씬 고소하고 맛있다. 이렇게 기른 콩나물은 일주일에 한 번은 먹을 수 있다.

한바탕 가구와 씨름을 하고 나면 온몸 전신 마디마
디가 욱신거린다. 안 해도 될 일을 내 몸 축내면서 하
니, 내가 생각해도 쓸데없는 개고생이다.

살구나무

경복궁 안에는 살구나무가 유난히 많았다. 그중 자경전에 살구가 많았는데 특히 풀, 나무, 나비 등이 새겨져 있는 예쁜 꽃담장은 봄의 살구꽃과 너무 멋지게 잘 어울렸다.

봄에 피는 꽃인 매화, 벚꽃, 살구꽃은 비슷하게 생겨서 구별하기가 쉽지 않다. 특히 매화, 살구는 꽃도 열매도 비슷하다. 벚꽃은 긴 꽃자루가 있어 꽃이 대롱대롱 매달리듯 핀다. 매화는 꽃이 꽃자루가 없어 가지에 딱 붙어 있다. 살구는 꽃이 활짝 필 때, 꽃받침이 뒤로 젖혀진다.

로즈마리

로즈마리는 향도 좋고 음식에 쓰임이 있다. 가지 잘라서 잎은 말려서 고기 구울 때 사용하면, 고기 잡내를 없애 준다. 키우기는 까다롭다. 바람 잘 통하고 적당히 물도 잘 줘야 한다. 로즈마리는 환경이 참 중요하다.

달개비

동네 산책길에 달개비꽃이 나를 쳐다본다. 달개비 파란 꽃이
속삭인다.

'걱정하지 말아요.
어떠한 선택을 하든,
삶은 이어지니까요.'

괭이밥

어느 날 베란다를 보니, 벽 쪽에 웬 까만 점들이 다닥다닥 붙어 있다. 화초에 진딧물이 번졌나 걱정했다. 아이고, 어이없어라. 괭이밥 씨앗들이다. 괭이밥 씨앗주머니가 익어 툭 터져 벽에 탁 하고 안착했다. 베란다 바닥 여기저기, 그리고 이 화분저 화분에 씨앗이 떨어져 온 화분에 괭이밥 천지가 된 거다. 멀리도 튕겨 나갔다. 순간, 딱 하고 튕기는 힘이 좋다.

느
티
나
무

창밖에 느티나무가 바람에 흔들린다. 그래도 나무는 중
심이 흔들림 없이 꼿꼿하게 서 있다. 아무 일 없다는 듯
이 바람쯤이야 아무것도 아니야, 라며.

2부

풀꽃과 함께한 나날들

들풀을 그리다 보면

그림책을 본다. 배경으로 풀꽃을 그려 넣었다. 진짜 꽃이 아니라 상상 속 풀꽃이다. 무슨 풀인지 알아볼 수 없다. 안타깝다.

일본 애니메이션을 보며 놀라곤 한다. 영화 배경에 풀꽃들이 묘사되어 있는데, 무슨 풀인지 정확하게 알아볼 수 있을 정도다. 사소한 지점까지 놓치지 않는 꼼꼼함이 가끔 부럽다.

그림책에 풀꽃 그림을 그려 넣을 때는, 적어도 어떤 풀꽃인지는 알아볼 수 있게 그려야 한다. 주인공은 그렇게 잘 그려 놓았으면서 하찮아 보이는지, 풀꽃은 대충 그린다.

사소한 것이라 무시하는데, 사소해도 저마다의 역할이 있다.

작은 역할이라도 신경 써서 무엇인지 알아볼 수 있게 그렸더라면 좀 더 완성도 높은 그림책이 되었을 것이다.

십 년 전쯤, 우리가 살아가는 자연과 아이들 교육에 관심이 많았던 엄마들과 이런저런 모임을 한 적이 있다. 그 모임들에 나가 풀꽃 그리기 강의를 했다. 대개가 삼사십 대 주부이자 엄마였던 이들과 바깥에 나가 풀 그림을 그렸다. 안양천변, 하늘공원, 동네 풀밭 같은 곳에 나가 직접 풀을 보고 그리는 모임이었다.

참석한 사람들은 풀밭에 쪼그리고 앉아 16절지 도화지에 그림을 그렸다. 연필로 밑그림을 그리고 수채물감으로 완성했다. 회가 거듭될수록 풀꽃에 대한 이해가 높아진 그이들은 나름 멋진 풀 그림을 완성해 갔다.

오전 열 시에 시작해서 열두 시나 한 시까지 계속 그렸다. 강아지풀, 바랭이, 토끼풀, 박주가리, 민들레, 달개비, 질경이, 개망초, 환삼덩굴, 돌콩 등 풀밭에서 만난 흔한 풀 가운데 각자 그리고 싶은 풀을 골라 그렸다.

그림을 그리는 동안 점심때를 지나게 되니 어느 순간부터 도시락을 준비해 왔다. 커다란 양푼에 밥, 나물 반찬들, 참기름, 고추장을 넣고 비볐다. 그러고는 일여덟 명이 옹기종기 모여 풀밭 위에서 점심을 먹었다. 맛있었다. 가르치는 것도 재미있었고, 그렇게 풀밭 위에서 비빔밥을 나눠 먹을 수 있는 사람들과 같이 보내는 시간이 내게 가르쳐 준 것도 많다.

내 경험으로 볼 때 그림을 그리는 일은 다른 어떤 일보다 집중력이 필요한 일이다. 풀꽃을 잘 그리려면 집중력과 끈기가 있어야 한다. 그리고 꼼꼼해야 한다. 풀꽃을 오래 그리다 보니 저절로 더 꼼꼼해진 것 같기도 하다.

사람마다 생김새가 다 다르듯이 풀꽃도 생김새가 다 다르다. 비슷하게 생긴 동생쯤 되어 보이는 풀도 자세하게 들여다보면 다른 점을 발견하게 된다. 줄기, 잎, 꽃을 잘 관찰해 보면 알 수 있다. 책을 정독해서 읽어 내려가는 것처럼 풀의 생김새를 관찰해야 한다. 그래야 제대로 풀 그림을 그릴 수 있다.

자연 상태에서 풀은 더 복잡하게 보인다. 개체들이 서로 엉

2부 풀꽃과 함께한 나날들

켜 있어서 풀에 대한 정보를 모르는 상태로 무작정 그리기 시
작하면 무엇부터 그려야 할지 난감해진다. 풀의 정보를 알고
그려야 훨씬 수월하게 그릴 수가 있다.

  식물은 뿌리, 줄기, 잎, 꽃으로 이루어져 있다.
  뿌리는 수염뿌리인지, 곧은뿌리인지, 줄기는 곧게 뻗어 있는
지, 기어 가는지 덩굴인지, 잎은 줄기에 마주 나게 붙어 있는지

풀꽃과 살아가는 날들

어긋나 있는지, 아니면 뭉쳐 나는지 돌려 나는지 등 다양하다.

잎 모양은 넓은지 좁은지, 가장자리가 톱니가 있는지 없는지, 잎맥은 나란히맥인지 그물맥인지 다양한 형태로 관찰해야 할 것들이 많다.

꽃은 암술, 수술, 꽃잎, 꽃받침으로 이루어져 있다. 꽃대에 달린 꽃의 피는 모양에 따라 단순한 꽃차례인지 복잡한 꽃차례인지, 꽃잎은 갈래꽃인지 통꽃인지, 꽃잎의 개수는 몇 개인지, 수술과 암술의 개수도 꼼꼼하게 세어 봐야 한다.

들풀들은 꽃도 작고 잎도 작다. 줄기는 가늘어서 그리기가 까다롭다. 잠깐이라도 한눈팔면 그리려 했던 순서가 엉켜 망치기 쉽다.

어떤 분이 "풀을 그리다 보면 정신 수양이 저절로 되는 거 같다"고 했는데, 그 말이 맞는 말이다. 풀 그림에 집중하게 되면 잡스런 마음이 저절로 사라지는 걸 느낀다.

이렇게 세밀히 관찰을 하고 도화지에 어떻게 구성할지 고민하면서 풀 그림을 시작한다. 자, 이제 연필을 잡고 시도해 보자.

실제 풀의 크기보다 조금 크게 그리려고 해야 한다. 특히 꽃은 실물 크기보다 좀 더 큰 느낌으로 그려야 전체를 그려 놓고 보면 그다지 커 보이지 않고 적당하다.

줄기를 그릴 때는 방향성이 중요하다. 줄기의 뻗어 나가는 모양을 잘 이용해서 그리면 멋진 구도로 그릴 수 있다.

어느 단위만큼 그릴 것인가도 고민한다. 처음에는 풀꽃의 명함 사진 정도로 생각하고, 꽃을 중심으로 줄기에 잎 한두 장 정도 그리면 마음에 부담이 적다.

이마저도 어렵게 느껴지면 잎과 꽃을 따로 그려 보면서 연습한다. 채집해서 그려 보면 훨씬 쉽게 느껴질 거다. 식물 표본처럼 바닥에 뉘어 놓고 그려 보는 것도 나쁘지 않다.

여러 번 연습을 해 보고 단위를 크게 잡아 보기도 하고 여력이 되면 주변 풀과 같이 그려 주면 더 근사해 보일 것이다.

밑그림 완성 뒤 물감이나 색연필로 색을 입혀 보면 완성이다.

들풀은 우리가 생활하는 주변 가까이에 있다. 찾고자 하는 이, 알려고 하는 이에게 더 잘 보인다. 풀꽃 중에는 사랑스럽고 귀여운 꽃들이 많다.

이 어여쁜 풀꽃 그림을 직접 그려서 액자 속에 넣어 걸어 두면 훌륭한 인테리어 소품이 된다.

늦게 시작한 만큼 열심히

이십 대 때는 멋있고 의미 있는 것들을 그리고 싶었다. 온 우주의 기운을 받아, 세상의 온갖 고민을 담아서, 정의로운 마음으로 세상 부조리에 맞서 싸우려는 그림을 그리고 싶어했다. 생각해 보면 현실과 거리가 먼 뜬구름 잡는 생각만 했던 거 같다. 그때는 세상물정에 어두웠다. 좋게 말하면 나름 순수했다.

스물아홉에 가난한 남자를 만나 어찌저찌 결혼을 했다. 이듬해 첫째가 태어났고 생활이, 현실이, 나를 짓누르기 시작했다. 그림을 접었다. 생활이 우선이었다.

결혼 전에 그림 작업하면서 아이들 미술 지도를 한 적이 있었다. 결혼 후에도 미술 지도 일은 계속했다. 아이 키우면서 살림하다 보니, 이내 뜬구름은 사라졌고 그저 살기 바빴다.

4년 후에 둘째가 태어나면서 몸이 아파 왔다. 나중에 생각해 보니, 그게 아마도 우울증이었던 거 같다. 그러나 그때는 이유도 몰랐다.

밥을 먹질 못했다. 죽만 겨우 먹을 수 있었다. 그러고도 소화가 안 되었다. 둘째 키우기가 버거웠다. 이대로 내 인생 끝나는가 싶을 정도였다. 작은애가 너무 어렸다. 아파도 몸을 추슬러야 했다.

무려 5년 가까이 힘들어하며 그날그날 기운 없고 의욕 없이 보내고 있을 때였다. 친구가 어린이책에 그림을 그려 보면 어떻겠느냐 물었다.

체력은 바닥이고, 소심하고 낯가림까지 하는 내가 잘할 수 있을까 망설여졌다. 그림을 그리지 않은 지도 십 년인데 잘할 자신이 없었다. 게다가 출판 일은 내게 생소한 일이라 걱정이 앞섰다.

어느 날, 박완서 작가가 문단에 첫 데뷔한 것이 마흔 살이었다는 이야기를 들었다. 작은애는 이제 막 여섯 살에 접어들고 있었다. 겨우 용기가 났다.

지금 시작해도 늦지 않을 거라는 믿음에 기대 보기로 했다. 어쩌면 내 인생의 마지막 기회일지도 모른다 싶었다. 그렇게 그림을 다시 그릴 수 있었다.

늦게 시작한 만큼 열심히 해야겠다고 마음 굳게 먹었다.

보리출판사의 도감 《무슨 풀이야?》, 《무슨 꽃이야?》에 들어가는 식물 그림 중 곡식과 채소, 풀꽃 그림에서 잘못된 정보를 수정하는 일을 맡게 되었다. 작은 세필로, 수채물감을 사용해서 세밀하게 그려야 했다. 세필 붓질은 만만치 않았다. 이리 삐뚤 저리 삐뚤이다. 안 쓰던 소근육을 쓰려니 손목, 손가락은 아프다고 아우성이었다.

세밀화를 그리는 일은 성질이 맞지 않으면 해내기 힘든 작업이다. 게다가 식물의 정보를 잘 알아야 틀리지 않게 그릴 수 있다. 그때는 식물이 낯설고 생소하기만 할 때라, 도감 보면서 공부하고 생김새를 이해해 가면서 그렸다. 어렵고 힘들게 배워 가며 그렸던 경험은 내가 지금까지 생태 그림을 그리는 데 큰 영향을 주었다.

열심히 일한 덕에 새로운 일도 하게 됐다. 《세밀화로 그린 풀 도감》 일을 하게 된 것이다. 나 말고도 다른 화가가 두 명 더 있었다. 식물 목록을 나누어서 작업하게 되었다.

다들 예쁜 풀꽃을 그리고 싶어했다. 나도 마찬가지였다. 그러나 《무슨 풀이야?》, 《무슨 꽃이야?》 작업할 때 물가 식물, 벼과, 사초과 식물 그림을 수정했던 것 때문에 결국 다들 꺼려하는 그 식물들을 다시 그리게 되었다.

식물은 크게 쌍떡잎식물과 외떡잎식물로 나뉜다. 내가 그릴 식물들은 외떡잎식물에 속한 벼과, 사초과 식물들이었다.

그다지 예쁘지도 않고 특별하지도 않은, 흔하디흔한 잡초들이다. 꽃은 있어도 있는 듯 없는 듯하고 줄기는 가늘고 긴 대가 휘청거리고 있고, 잎은 나란히맥을 갖고 있는 밋밋한 모양이다.

어떻게 하면 별볼일없는 풀들을 화면이 비어 보이지 않고 멋있게 그릴 수 있을까 걱정이었다. 내가 싫어하는 마음으로 그리면 내 그림을 보는 사람 마음도 그럴 거 같았다. 내가 먼저 예쁘다고 생각하면서 그려야 하는데 난감했다.

그려야 할 식물들이 살고 있는 곳을 찾아가 보았다. 서울 근교의 논, 밭, 국립수목원, 하늘공원 같은 곳을 찾아보고 또 보고, 사진도 찍고, 채집도 했다.

고생하면서 찾아다녀서 그런지, 볼수록 이 식물들이 친근하게 느껴졌다. 줄기와 잎이 바람에 능청거리는 몸짓과 햇살에 비친 풀색은 다른 예쁜 꽃을 가진 들판과는 다른 멋이 있었다. 부드럽고 잔잔한 소나타 음악을 듣는 것처럼 아름다웠다. 아니, 멋있게 보였다.

있는 듯 없는 듯 우리 산야에 널리 퍼져 있는, 우리 풀이다.

다만, 농부들에게는 예외다. 끝없이 뽑아내야 하는 지긋지긋한 풀이 또한 벼과, 사초과 식물이다.

뽑아도 뽑아도 자꾸만 솟아나는 잡초들은 그 많은 씨를 땅에 떨구고 줄기가 기어가면서 마디가 땅에 닿으면 뿌리를 내리며 번식한다. 그러니 여름마다 농부는 잡초와 전쟁을 한다. 그러나 내게는 멋지기만 한 풀이다.

《무슨 풀이야?》,《무슨 꽃이야?》작업할 때 담당 편집자였던 노정임 씨와는 그때 책으로 맺은 인연을 지금껏 이어 오고 있다. 그리고 우리 둘은 지금도 책으로 진화하고 있는 중이다.

자꾸 부르고 듣다 보면

　내 이름은 안경자다. 짐작하시겠지만 별명도 있다. 초등학생 때는 이름 때문에 놀림을 많이 받았다. 그때 그 시절 아이들은 '안경◠ + 자 ⌒'라고 칠판에 커다랗게 그려 놓고 놀렸다.

　이름에 '~자' 자가 붙은 건 일본식 이름이란 걸 알고 난 뒤부터는 내 이름이 더 싫어졌다. 부끄럽고 창피했다. 촌스런 내 이름.

　다른 별명도 있다. 대학 때 친구들은 나를 '안깽'이라 불렀다. 깐깐하고, 성질은 지랄 같고, 강단 있다고 붙여 준 별명이다. 지금도 그 친구들은 이름보다 '안깽'이라고 부른다.

　마음에 드는 별명도 있기는 하다. 식물 그림책《풀이 좋아》를 진행하면서 생긴 별명, '바랭이 아줌마'는 좋다. 참 예쁜 이름이다.

　왜 하필이면 '경자'라는 이름이 내 이름일까? 내 의지와는 상관없는 이름. 부모님이 원망스러웠다.

　"아버지! 내 이름을 왜 이렇게 지어 주셨어요? 맘에 안 들어요. 촌스러워요!"

　아버지께 대든 적도 있다. 아버지가 조금 미안해하신다.

　　　　　　　　　　　　　　　　2부 풀꽃과 함께한 나날들

"별 경景은 천경자 화백의 거울 경鏡보다 높다."

그렇게 얼버무리셨다.

결혼하고 아이 낳고 사는 내내 내 이름이 싫었다. '경자'라는 이름으로 53년을 살았다. 촌스런 이름이 싫어서 누가 이름이 무어냐 물으면 나는 잠시 머뭇거린다. 그러고는 '안경자'라고 기어들어가는 목소리로 겨우 답한다.

결혼하고 아이가 생기니 내 이름 불릴 일이 없어졌다. '지운 엄마', '예원 엄마'로 불리는 게 맘 편했다.

그러다 마흔 넘어 출판 일을 하게 되면서 내 이름이 다시 수면 위로 올라오기 시작했다. 책에 '그림 작가 안경자'로 인쇄되어 나오게 된 것이다. 책을 세 권, 네 권 출간하면서 이름을 바꿀까, 고민했다. 책에 사인도 해 줘야 하고.

개명을 할까 싶어 알아 보니 절차들이 꽤 복잡했다. 과거의 흔적들을 다 바꿔야 하고 학적부, 통장 등 머리 아플 일이 한두 개가 아니었다. 남편은 그냥 안경자로 사는 게 나쁘지 않다고 하고, 아는 동생은 딱 예술가 이름이라며 위로해 줬다. 고민 끝에 그냥 내 이름으로 쭉 살기로 했다.

남편과 나는 지금까지 서로 이름을 부른다. 여보, 당신이라한 번도 부른 적 없다. 그저 자연스럽게 서로의 이름을 불렀다. "경자 씨"라고. 가만 생각해 보니 남편이 내 이름을 부를때는 부끄럽거나 창피하지 않았다.

아이들이 학교 다닐 때 만나 지금까지 계속해 오고 있는 엄마 모임이 있다. 예전에는 애들 이름을 붙여 '○○ 엄마'라 불렀는데, 아이들이 다 크고 나니 누구 엄마가 아니라 진짜 이름으로 불러 보자 이야기가 됐다.

"내 이름은 ○○○입니다."

다들 이름을 소개하면서 본인 이름에 얽힌 일화를 얘기했다. 한바탕 웃음이 터진다. 누구 이름은 촌스럽고, 누구 이름은 남자 같고, 누구 이름은 예뻤다. 모두가 자기 이름을 이야기하고, 드디어 내 차례가 왔다.

"내 이름은 안경자입니다."

역시나 기어들어가는 목소리였다. 왜 이리 이름에 자신감이

없는지. 어쨌건 서로의 이름을 알게 되었고 이름을 불러 주면서 더욱 친하게 되었다. 자꾸 사람들에게 불리게 되니 내 이름이 그렇게까지 불편하지 않게 들린다.

2006년 2월에 큰아이가 초등학교를 졸업했다. 아이 졸업을 축하할 겸 통영으로 가족 여행을 갔다. 남쪽인데도 제법 날씨가 쌀쌀했다. 햇볕 잘 드는 양지 바른 곳에 땅바닥으로 낮게 깔린, 파란 하늘빛을 닮은 예쁜 꽃들이 모여 있었다. 딸아이가 달려와 묻는다.

"엄마! 이 꽃 참 예쁘다. 이름이 뭐야?"

나는 잠시 머뭇거렸다.

"음, 음, 이 꽃 이름이 말이야……."

하고는 귀엣말로 딸에게 속삭였다.

"큰개불알풀꽃이야."

"응? 왜?"

"오오이누노후리, 라는 일본어를 그대로 우리말로 부르게 된 이름이라서 그래."

꽃이 진 후에 열매 맺는 모양이 개의 불알을 닮았다고 그런 민망한 이름이 되었다.

한자어로는 '땅에 깔린 비단'이라고 해서 '지단地緞', 서양에서는 새의 눈을 닮았다고 'Birds eye', 어떤 지역에서는 솥뚜껑 닮았다고 '소담깨꽃'이라고도 부른다. 이렇듯 보통은 꽃 모양을 보고 이름을 짓는데, 이 풀에게 이름을 지어 준 학자는 왜 하필 열매의 모양을 보고 그런 이름을 떠올렸을까? 참 부르기 난감하다.

큰개불알풀꽃의 꽃말은 '기쁜 소식'이다. 이름과 꽃이 너무 어울리지 않는다. 그래도 한 번 들으면 잊지 않고 기억할 이름이다. 요즘은 부르기 민망하여 '봄까치꽃'으로 새롭게 고쳐 부르는 이들도 많아졌다.

처음 큰개불알풀을 알고 나서 누군가 물어 보면 쉽게 알려 주기가 곤란했다. 입에서 이름이 튀어나오지 않았다. 지금은 이름을 자꾸 부르고 듣다 보니 익숙해져 민망함도 덜해진다.

나도 이제는 내 이름이 익숙하다. 이름 말하기가 부끄럽지

2부 풀꽃과 함께한 나날들

않다. 나이 들어 좋은 점은 뻔뻔해진다는 거다. 없던 용기도 생기고 주책도 늘었다. 내 이름이 다른 이들에게 널리 알려지고 익숙해지면 내 이름을 어쩌면 좋아할지도 모르겠다. 지금은 편안하다.

이름 없는 풀들은 '잡초'라 부른다. 아무도 불러 주지 않으면 이름 없는 잡초지만 그 이름을 불러 주면 다른 것과 구별되면서 존재 가치가 생긴다.

　이름은 나를 나타내는 것이다. 그래서 이름을 잘 지어야 한다. 이름이 고와야 부르기도 좋다. 나중에 우리 애들이 결혼해서 아이 낳으면 예쁜 이름으로 지어 주라고 할 거다.

풀꽃들아, 밤새 안녕?

운동을 시작했다. 나이 오십을 넘으니 건강검진을 하면 혈관계 쪽 수치들이 계속 올라갔다. 그냥 동네 산책 겸 공원 30분 걷기 운동으로 땜질을 했는데 별로 효과적이지 않았다. 꾀가 나고 귀찮아져서 규칙적으로 하지도 못했다.

나이 먹을수록 근육 양이 많아져야 한다는 의사의 조언에 돈을 주고 동네에 있는 피트니스에 등록하고 운동을 시작했다. 역시 돈을 들여야 효과가 있는 것 같다. 그렇게 시작한 운동이 5개월이 넘어섰다.

요즘의 내 생활은 이렇다. 새벽에 남편 출근하고, 7시 30분쯤 피트니스로 운동하러 간다. 아파트 사잇길을 지나, 놀이터를 지나, 큰 도로변 쪽으로 나오면 피트니스가 있다. 봄이 되니 운동하고 돌아오는 길이 아주 예뻐졌다. 매일 매일이 다르게 봄이 무르익어 간다. 지나가다 만나는 나무와 풀꽃들을 휴대폰에 담으며 집으로 신나게 간다.

우리 동네는 여러 개의 단지가 모여 있는, 꽤 규모가 큰 아파트촌이다. 나무도 많고 풀도 많다. 우리 가족이 이곳으로 이사 온 것은 1997년 5월이었다.

그해 가을에 아이엠에프 경제 위기가 왔고, 이듬해에 둘째가 태어났다. 우리 가족에게도 힘든 시기였지만 온 나라가 모두 힘든 때였다.

그렇게 이사 와서 5년을 살고, 옆 단지로 이사해 다시 5년을 살았다. 그리고 옆 단지로 이사하고, 또 이사하고, 그렇게 다섯 번을 우리 동네 단지를 돌며 살다가 지금 집에 자리 잡았다. 무려 22년째 우리 동네 토박이로 사는 중이다.

우리 동네에서 희로애락을 다 맛보아서 그런가, 이 동네가 나는 편하고 좋다. 도시에서 이만한 환경을 누리고 살 수 있는 동네도 흔치 않은 거 같다. 내 성향과 잘 맞는 곳이기도 하다.

봄이면 꽃동산, 여름은 진초록, 가을은 알록달록, 겨울은 하얗게 덮인 눈으로 예쁜 동네다.

운동하고 돌아오는 길에 날마다 나무와 풀들이 변해 가는 모습을 보는 것도 참 즐겁다. 여기저기 새 소리도 들려온다.

봄이 한창일 때는 노란 산수유를 시작으로 하얀 목련이 피고, 흰색도 아니고 노랑도 아닌 애매한 색깔의 회양목 꽃도 피고, 벚꽃, 살구꽃, 꽃사과꽃이 만개했다. 바람이 불면 꽃비가 내린다.

그런데 올해는 꽃들이 일찍 피고 일찍 져 버렸다. 벚꽃 구경할 틈도 없이 금세 다른 꽃들이 피어 버렸다. 아쉬움도 잠깐, 며칠 지나 운동 가는 길에 향기로운 꽃내음을 맡았다. 코를 찌를 지경이다.

"이게 무슨 냄새지?"

아, 그렇다! 라일락 꽃향기가 그득하다. 라일락꽃이 흐드러

풀꽃과 살아가는 날들

지게 피었다. 그 밑으로 철쭉, 영산홍이 한창이다. 빨강, 분홍, 연분홍……. 멀리 꽃구경 갈 것도 없이 봄꽃 구경하러 동네 한 바퀴 구석구석 산책에 나서기만 하면 된다.

봄이 짧다. 점점 봄이 빨리 지나가는 거 같다. 이른 봄에 피는 꽃, 봄의 중간에 피는 꽃, 봄의 끝자락에 피는 꽃, 꽃마다 피는 순서가 있었는데, 그 간격이 너무 짧다 보니 한꺼번에 훅 피고 지는 것처럼 보인다. 해마다 느끼는 것 하나, 계절 변화가 예전과는 달라지고 있다는 거다.

여름에는 진초록의 향연이다. 여름나무의 으뜸은 단연코 느티나무다. 더운 여름에 그늘을 만들어 더위를 잊게 해 준다.

가을에는 감나무가 익어 가고 노란 은행잎이 마음 설레게 만든다. 또한 은행이 바닥에서 뒹굴면 은행의 진한 똥냄새를 피하면서 걸어야 한다.

겨울에는 나뭇잎을 떨구고 속살이 드러난 나뭇가지들의 모습을 보는 재미가 쏠쏠하다. 나무마다 수형이 다 다르다.

우리들 생김새가 조금씩 다르듯 나무도 다 다르게 생겼다.

사람도 친척은 어딘지 모르게 비슷하면서 다르게 생겼듯이, 나무들도 같은 종끼리는 비슷하면서 어딘지 모르게 서로 다르게 생겼다.

이렇게 우리 동네는 식물 관찰하기 좋아서 더 좋다. 식물 세

밀화를 처음 시작할 때는 보고도 이름이나 생김새를 몰라 멀리 수목원이나 들, 산으로 그 나무, 그 풀들을 찾아 헤맸다. 먼 곳에서 그 나무, 그 풀들을 찾았다. 그런데 식물 공부를 하고 알게 되면서 그렇게 찾아 헤매서 알게 된 그 나무와 그 풀들이 동네 산책길, 나 사는 가까운 곳에 자리잡고 있음을 보게 됐다.

먼 길 돌아서 알게 된 그 나무와 풀들은 내가 그려서 그런지 더 특별하고 소중했다. 그래서 그 식물들을 만나면 인사하게 되고 말을 걸고 싶어진다. 어루만져 주고 싶어진다. 잘 지냈니? 인사하고 싶어진다.

우리 동네 입구에는 커다란 느티나무가 있다. 마을을 지키는 수호신처럼 보였다. 그 나무를 보면 별일없이 오랜 세월 견뎌 온 게 기특하여 세월의 주름 앞에서 나도 모르게 "아이고" 소리가 난다. 그 나무는 우리 동네 역사를 다 아는 거 같다.

봄이 기울 무렵, 운동하고 돌아오는 길 나무를 보니, 연두 잎이 제법 많이 올라왔다. 이맘때 나뭇잎이 제일 예쁘긴 하다.

꽃잎이 떨어진 풀밭에는 제비꽃이 한창이다. 그 옆에 종지나물이 보였다. 그 풀밭에는 보라색이 그득하다. 올해는 유난히 보랏빛 제비꽃이 많이 보인다.

풀밭 구석에는 꽃마리가 보였다. 그 옆에 봄맞이꽃도 보이고, 냉이꽃, 꽃다지, 그 사이로 듬성듬성 민들레꽃이 보인다.

풀꽃들아, 밤새 안녕?

오늘도 즐거운 상상을 하면서 그 길을 걷고 있다.

멀리 가지 않아도 내 가까이에 자연이 숨 쉬는 것을 느낄 수 있는 우리 동네가 참 좋다.

다른 차원으로 통하는 문

5월과 6월 사이에 꼭 사진 찍으러 찾아가는 곳이 있다. 〈한택수생식물원〉이다. 2007년부터 거의 해마다 갔다. 올해도 새벽 일찍 출발해 다녀왔다.

아침 일찍이라 우리 부부 둘뿐이다. 조용하다. 온전하게 우리들만의 공간인 것처럼 느껴진다. 두 시간 가까이 머물면서 구석구석 정신없이 사진을 찍는다. 아침 공기가 서늘하면서도 상쾌했다.

이곳은 수생식물 그림을 그리면서 알게 되었다. 그때 그렸던 식물이 물질경이다. 물질경이는 논이나 도랑의 물속에서 자라는 풀인데, 쉽게 볼 수 있는 식물이 아니다. 농약에 약해서 농약 치는 논에서는 볼 수가 없다. 잎은 뿌리에서 모여 나는데, 질경이를 닮았다. 식물체는 물속에 있고, 꽃은 수면 위에서 핀다.

청정 지역에 자라는 귀한 식물이라서 이곳에나 와야 물질경이를 만날 수 있었다. 이곳의 멋진 모습에 반한 우리 부부는 해마다 찾아오게 되었다.

이 식물원에서도 첫눈에 들어오는 건 꽃이다. 물가에서 자라는 꽃들이다. 보라색, 흰색, 노란색을 곱게 피운 꽃 뒤로는 으레 배경  역할을 하는 나무가 있다. 식물원 둘레에 꼿꼿이 서 있는 낙우송이다. 참 멋진 나무다. 우리 동네에 있는 메타세쿼이아와 비슷하게 생겼다.

낙우송은 물가 습지에 자라며 뿌리가 혹처럼 지면에 불뚝불

뚝 솟아올라와 있다. 물가에 살다 보니 뿌리가 숨쉬기 위해서
혹처럼 올라오는 것이라 한다. 이를 공기뿌리(호흡근)라 한다.
침엽수들은 대부분 상록수지만 낙우송은 드물게 낙엽 지는 침
엽수다. 낙우송의 꽃말은 '남을 위한 삶'이다.

올 때마다 꽃부터 눈에 띄더니 올해는 어찌된 셈인지 낙우
송이 주인공처럼 보였다. 낙우송을 향해 계속 셔터를 눌렀다.
예전에는 꽃에 묻혀서 배경 역할이었는데, 오늘은 낙우송 그

풀꽃과 살아가는 날들

자체로 멋져 보였다. 파란 하늘과 정말 잘 어울렸다.

　습지에는 아이리스, 물망초, 연꽃, 수련 등 물가 식물들이 보였다. 5월, 6월에 꽃을 볼 수 있는 것은 아이리스와 물망초다. 7월이 되면 수련과 연꽃을 볼 수 있다.

　아이리스는 붓꽃, 꽃창포, 노랑꽃창포 등 붓꽃과의 여러 종을 부르는 영어 이름이다. 보라색, 노란색, 연보라, 진보라, 흰색 등 여러 빛깔의 색을 가진 꽃들이다.

우리나라 산기슭과 들판에서 만날 수 있는 것은 붓꽃이고, 붓꽃과 비슷하게 생긴 꽃창포는 습지에서 자란다.

노란 꽃창포, 보라색 아이리스들 사이, 낙우송 아래쪽 작은 연못 주변에는 물망초꽃들이 앙증맞게 무리지어 피어 있었다. 물망초꽃은 꽃마리 꽃과 비슷하다. 꽃마리는 우리 동네 풀밭에 지천으로 깔려 있다. 윗부분이 또르르 말려 있고, 꽃은 아래부터 차례로 피어 올라간다. 꽃이 물망초꽃보다 작고 귀엽다.

물망초의 꽃말은 '나를 잊지 말아요'다. 앙증맞게 핀 물망초꽃이 아침 햇살에 맑고 고와 보였다.

한켠에는 붉은 분홍빛 꽃이 옹기종기 모여 있다. 자운영이다. 논밭에서 가을에 심어 다음 해 늦봄까지 사는, 해넘이 한해살이풀이다. 모내기하기 전에 꽃도 피고 열매도 맺는다. 써레질로 논 바닥이 뒤집어지면 자운영은 비료가 되고, 그 종자는 흙 속에 묻혀서 번식할 준비를 한다. 콩과식물인 자운영은 질소 고정 박테리아와 공생을 한다. 토양과 식물에 질소를 공급한다. 땅을 비옥하게 하는 천연비료인 셈이다.

꽃들을 찍고 물가에 비친 햇살도 담고 나니 슬슬 배가 고파진다. 근처 국밥집에서 밥을 먹고 돌아왔다. 집으로 와서는 사진을 컴퓨터에 저장하고, 남편과 나란히 앉아 찍은 사진들을 보면서 다시금 아침에 보았던 수생식물원의 감흥을 되새긴다. 서로가 찍은 사진에 감상도 덧붙인다.

내년에도 물망초, 아이리스, 낙우송, 자운영 물가 식물 보러 식물원에 가야지. 이곳에 갈 때마다 마치 다른 차원에 와 있는 거 같은 느낌이 든다. 이맘때, 우리 부부만의 특별한 힐링 장소다.

　　　　　　　　　　　2부 풀꽃과 함께한 나날들

떠나고 싶게 만드는 5월의 꽃향기

오래간만에 남편이 집에서 쉬는 주말이다. 심심했는지 동네 뒷산 산책을 가잔다. 애들 어릴 때는 자주 다녔는데, 크고 나니 좀 뜸해졌다.

산에 나무들이 제법 많이 우거졌다. 산책로 따라 걸어가다 중간쯤 정자가 있어서 땀을 닦고 잠시 쉬었다. 사방을 둘러보았다.

"참 이상하네? 아까시나무가 안 보여!"

하늘 위쪽으로 올려다보니 그제야 하늘 닿을 듯이 높이 자란 아까시나무가 보였다. 삐쩍 말라 높이 자란 아까시나무는 주름이 깊게 패고 기력이 없어 보였다. 나무가 늙어 버린 것이다.

내 어릴 적 5월은 어린이날, 어버이날, 스승의날로 이어지는, '노는 날 많은 달'이어서 코에 바람이 드는 날들이었다. 나들이 가고 싶게 만드는 향기가 있었다. 산과 들로 무작정 떠나고 싶어 안달나게 하는 진한 꽃향기가 있었다.

동네 골목 담벼락을 지날 때면 라일락 은은한 꽃향기 맡으며 좋아라 했다. 라일락 꽃향기가 동네에서 사라질 때쯤이면

어디선가 바람 타고 진한 꽃향기가 사방으로 퍼지기 시작한다. 아까시 꽃향기다. 그때쯤이면 나가자, 놀러 가자 꽃향기가 유혹한다. 그 향에 취해 나는 벌처럼 이리저리 쏘다녔다.

예전에는 봄이 되면 낮은 산마다 하얀색 아까시꽃으

2부 풀꽃과 함께한 나날들

로 뒤덮였다. 멀리서도 알아볼 정도로 그렇게 하얀 꽃들이 주 렁주렁 매달려 있었다. 그만큼 아까시나무가 많았다. 여기를 가도 저기를 가도 온 천지가 아까시꽃 진한 향기에 취해 다닐 정도였다. 그런데 지금 뒷산의 아까시나무는 눈으로 셀 수 있 을 정도로 꽃이 조금 달려 있다. 그러니 향도 예전만 못하다.

아까시나무는 북아메리카산의 외래식물이다. 성장 속도가 빨라서 전쟁으로 황폐화된 우리 산의 녹지화를 위해 전국 야 산에 많이 심었다. 뿌리에는 뿌리혹박테리아가 있어서 척박 한 땅에 질소를 고정하여 우리 산을 비옥하게 만들어 주었다. 목재로도 유용하게 쓰인다. 그러나 뿌리가 땅속 깊이 내리지 못해 태풍에 많은 나무들이 뿌리째 뽑혀 쓰러지기도 했다. 우 리나라 꿀 생산량의 70퍼센트 이상이 아까시꿀이기도 하다. 2000년대에 접어들면서 아까시나무가 수명을 다해 꿀 생산에 문제가 생기기도 했다. 본래 수명은 100년인데, 우리나라 환경 에 맞지 않아 한국에서는 보통 50년에서 60년 정도 산다.

이처럼 쓸모 많고 고마운 나무지만, 다른 나무들보다 성장 속도가 빠르고 번식력이 좋아 다른 나무가 자라기 힘들게 한

다며, 우리 산을 망친 나무라고 홀대받게 되었다. 그래서 1980년대 이후로는 잘 심지 않았고, 생태계를 파괴하는 식물이라 해서 부러 자르기도 했다.

내가 어릴 때는 아까시꽃도 따 먹었다. 잎은 친구들과 가위바위보 하며 놀 때 맞춤이었다. 작은 줄기를 따서 이파리를 하나씩 버리는데, 가장 먼저 이파리를 다 딴 친구가 이기는 놀이였다. 또 누가 나를 "좋아한다", "싫어한다" 하며 잎을 하나씩 따서 버리는 '잎점'을 치기도 했다. 잎줄기는 머리카락을 꼬아 감아 놓고 파마놀이하는 데 썼다.

그런데 지금의 뒷산 아까시나무에 달린 하얀 꽃송이는 눈으로 셀 수 있을 정도다. 그러니 꽃향기에 취할 일도 없겠다. 5월의 향기가 사라지고 있다. 옛 추억도 가물가물.

풀꽃과 살아가는 날들

멀리서 만나니 더 반갑구나

생태 그림 그리면서 소소하게 이곳저곳 식물원이나 산, 시골은 취재 삼아 여러 곳 다녔지만 해외여행 경험은 적다.

2012년 3월, 이탈리아 북부에 있는 작은 도시 볼로냐에 간 것이 나에게는 첫 해외여행이었다. 봄마다 열리는 볼로냐 국제 아동 도서전에 가기 위해서였다. 낯선 곳으로 가는 첫 여행이라 긴장을 많이 했다.

그러다 전시장 입구 공터에서 노란 개나리나무 한 그루를 만났다. 이렇게 먼 땅에서 개나리를 보다니! 반가웠다. 볼로냐에서 만난 개나리는 우리나라 개나리보다 더 노랗고 맑았다.

이탈리아 날씨가 일교차가 심하고 햇빛이 강해서인지 유난히 노랗게 빛났다. 그때 기억이 아직도 생생하다.

　요즘 들어 우리나라 날씨도 변하고 있다. 일교차가 심해지고 빛이 전보다 강해졌다. 그래서인지 볼로냐에서 만난 개나리처럼 꽃 색이 더 맑고 노랗게 빛나 보인다.

　길에서 흔하게 볼 수 있는 개나리는 벚꽃과 함께 우리나라의 대표 봄꽃이다. 4월경에 잎겨드랑이에서 노란 꽃이 1~3개씩 핀다. 통꽃이고 4개로 갈라진다. 원산지는 한국이다. 잎이 나오기 전에 꽃을 먼저 피운다. 가지는 늘어지는 특징이 있다. 개나리는 정원수나 울타리용으로 많이 심는다. 개나리의 꽃말은 '희망, 기대'다.

　너무 흔해서 예뻐도 예쁜 줄 모르고 지나쳤는데, 여행 가서 만난 개나리의 노란 빛에 새삼 반하게 되어 봄에 노란 개나리

　　　　　　　　　　　　　　　풀꽃과 살아가는 날들

를 보면 그때의 이탈리아 볼로냐가 생각난다. 유치원 아이들처럼 귀엽고 사랑스럽다.

2013년 10월에는 독일 프랑크푸르트 도서전에도 다녀왔다. 그러다 그 뒤로는 애들도 남편도 나도 모두 바쁘게 지내느라 해외여행은 가지 않았다. 쉴 여유가 없었다.

결혼 25주년을 맞아 남편과 둘이서 일본 여행을 계획했다. 시간 내서 짧게라도 가 보고 싶었다. 달렸던 시간을 잠시 쉬고 싶은 마음이 생긴 것이다. 지치기도 했다.

바쁘게 살다 보니 제주도 신혼여행 간 거 빼곤 둘만의 여행은 처음이다. 일주일 전부터 설레었다. 3박 4일 동안 아이들 먹을 걸 미리 준비해 놓았다. 아이들만 놓고 이렇게 먼 여행을 떠난 적이 없다 보니 애들이 다 컸는데도 걱정이다. 괜한 걱정 말고 편히 다녀오란다.

두 시간 정도 비행 후 일본 아오모리에 도착했다. 금방이다. 아오모리현 히로사키에 있는 숙소에 짐을 풀고 근처에 있는 아자라산 숲부터 들렀다. 넓은 농지, 작은 열매를 매단 사과나

무들이 장관이다. 여기저기를 둘러봐도 다 사과밭이었다. 사과나무 기둥이 엄청 굵었다. 오래된 나무들이 많다.

길가에는 질경이 비슷한 풀이 보인다. 위로 길쭉하게 올라온 줄기 끝에 짤막한 솜방망이처럼 꽃이 피었다. 질경이가 맞긴 한데 한국에서 자주 봤던 그 질경이가 아니다. 내가 사는 곳에서는 드물게 보이던 그 식물이 이곳에서는 아주 흔하다. 길가에 군락을 이루고 바람에 꽃대가 살랑거린다. 나중에 도감을 찾아보니 '창질경이'다. 우리나라 남쪽 지방에 흔한 풀이다.

질경이는 잎이 넓고 뭉쳐난다. 잎 가장자리가 물결치듯이 하고 5~8월에 뿌리에서 꽃대가 나와 하얀 꽃이 밑에서부터 위로, 이삭꽃차례 모양으로 핀다. 잎은 나물로 먹고 씨는 한약재로 쓰인다. 질경이 나물을 아주 맛나게 먹었던 기억이 있다.

풀꽃과 살아가는 날들

창질경이는 유럽이 원산지이며 잎은 좁고 뾰족하며 뿌리에
서 여러 개가 뭉쳐난다. 꽃줄기 끝에 흰색꽃이 달린다.

숲 가까이에 가니 칡넝쿨과 머위가 많
다. 칡은 아직 꽃 피는 시기가 아니라서
잎만 무성하다. 머위는 길 따라 널려 있다.
우리나라 머위보다 잎이 더 크다. 크게 자
란 건 잎이 우산만 하다. 머위는 약간 그
늘지고 습한 지역에서 자란다. 머윗대 삶
아서 물에 담아 우려내고 껍질 벗겨 나물
로 먹거나 기름에 볶아 먹는다. 어릴 적
엄마가 봄에 가끔 해 주시던 머위 들깨볶
음이 생각났다.

숲에 가까이 들어갈수록 쭉쭉 뻗은 큰나무들이 빼곡하다.
삼나무다. 우리나라 숲은 두루뭉술하고 아담한데 느낌이 좀
다르다. 꼭대기로 오르니 구릉지였다. 하늘과 맞닿은 언덕에

2부 풀꽃과 함께한 나날들

마름

삼나무가 듬성듬성 있다. 구름이 뭉게뭉게 피어오르다 이내 사라지고 다시 뭉게구름이 올라온다. 삼나무 향기에 취해 하늘을 바라보고 있자니 저절로 위로가 되는 느낌. 이게 바로 힐링인가.

일본은 지진 때문에 늘 불안하지만 땅이 젊고 건강해 보였다. 떠가는 구름을 보니 일본 애니메이션 배경으로 곧잘 보았던 하늘이 저절로 떠올랐다. 진짜 하늘이 저러니, 그런 그림을 그릴 수밖에 없겠다.

다음 날은 시내 구경을 했다. 히로사키역에서 버스를 타고 시청에서 내려 히로사키성 공원으로 갔다. 공원 입구를 둘러싼 연못 가득 마름이 둥둥 떠 있다. 우포늪에서 징글징글하게 봤던 수생식물이다. 낯선 곳에서 아는 식물을 만나면 반갑다. 그리고 그곳이 친근하게 느껴진다. 나는 그렇다.

마름은 뿌리가 진흙 속에 박혀 있고, 줄기가 길게 자라서 물 위에 뜬다. 잎자루에 공기주머니가 있어서 물 위에 뜰 수 있다. 잎은 마름모꼴로 삼각형이고 잔 톱니가 있다. 7~8월에 흰색 꽃이 잎겨드랑이에서 달리고 꽃대는 짧고 위로 향한다. 열매가 커지면서 밑으로 굽는다.

열매는 우주 비행선처럼 묘하게 생겼다. 딱딱하고 역삼각형에 양 끝에 뾰족하게 뿔 달린 거처럼 보인다.

마름은 '먹음직스런 열매를 가진 물풀'이란 뜻을 가지고 있다. 밤 맛이 난다 하여 '물밤'이라 부르기도 한다. 열매는 쪄서 먹거나 강장제로 약용한다.

오래된 도서관도 구경하고, 서점에도 들르고, 쇼핑 센터도 갔다. 제대로 관광객이다. 돌아다니다 보니 배가 고파져서 유명한 소바집을 찾았다. 소바집 입구에는 어성초 하얀 꽃이 나를 반긴다.

"이랏샤이마세!"

어성초의 다른 이름은 약모밀이다.

잎은 어긋나고 넓은 달걀 모양의 심장형이다. 꽃은 5~6월에 줄기 끝에서 흰색으로 피고 원줄기 끝에 짧은 꽃줄기가 나와 그 끝에 달린다. 요즈음 어성초는 미용 용품으로 널리 쓰이고 있다. 아들 피부에 여드름이 많아 우리 집에서도 어성초 비누를 쓴다. 예뻐서 화분에 길러 보고 싶다.

어성초를 닮은 깔끔하고 정갈한 소바와 새우튀김을 맛있게 먹고, 역까지 걸었다. 습도가 참 높다. 더웠다. 거리는 한산하고 조용하다. 기차역 주변 공터에 토끼풀이 한창이다. 정말 흔하다.

토끼풀은 유럽이 원산이며 사료로 재배해 오다 우리나라에 넓게 퍼진 귀화식물이다. 토끼가 잘 먹는 풀이라 해서 토끼풀이라 불렸다. 3개의 작은 잎에 잎자루는 길다. 잎이 4개 달리는 것도 있다. 네잎클로버는 행운을 상징하는데, 사실 생장점에 상처가 나면서 잎이 한 장 더 달린 것이다. 간혹 잎이 5개 만들어지기도 한다.

2부 풀꽃과 함께한 나날들

하얀 꽃은 긴 줄기 끝에 많은 꽃이 둥글게 달린다. 꽃반지, 꽃목걸이, 꽃시계 만들고 놀았던 어릴 적 추억이 저절로 떠오른다.

세 칸짜리 작은 열차를 타고 숙소로 간다. 오래되고 낡은 기차다. 사람들이 고개를 숙이고 휴대전화에 열중한다. 여기나 우리나 똑같다.

창밖 풍경이 예뻤다. 기찻길 사이로 보이는 시골 동네 모습들이 낯설지 않았다.

아오모리 현립 미술관에서 샤갈의 그림을 보는 것으로 여행을 마무리했다. 남편과 함께한 일본 여행은 그렇게 끝났다. 친구 같고 식구 같은 남편과 하는 여행은 편했다. 좋았다.

다음에는 딸과 같이 오자고 남편이 그런다. 입시로 고생하는 딸이 안쓰러운지 자꾸 딸 이야기를 한다. 그도 늙어 간다. 우리 부부 품위 있게 늙어 갔으면 좋겠다.

새벽부터 새벽까지 한 해 먹거리 준비

추석 명절 연휴가 지나자마자 남편이 묻는다.

"올해는 김장 언제쯤 할까?"

"벌써부터 웬 김장? 작년에는 11월 중순쯤에 한 것 같긴 한데……."

"그래? '한농장' 아저씨한테 언제쯤 배추 사러 가야 하는지 물어보려고……."

남편은 김장하는 일이 재미있는 모양이다. 나는 솔직히 김장하는 일이 두렵다. 그림책 마감에, 재수 중인 작은아이도 신경 쓰여서 올해는 그냥 얻어먹을까 고민하던 참이다. 그런데 아직 한 달도 넘게 남았는데 남편이 저렇게 김장 날 잡자고 재촉이다.

남편이 좋아라 하는 일이니, 그럼 올해도 김장을 해 볼까? 배추 사러 갈 날을 정하고, 농장에 전화도 넣었다. 남편이 먼저 나선다. 김장하는 일은 아무래도 남편에게 꽤 신나는 일인가 보다.

김장하려면 준비할 게 한둘이 아니다. 일주일 전부터 마늘까 놓고, 친정엄마한테 고춧가루, 새우젓, 갈치액젓 얻어다 놓고, 김장 비닐, 고무장갑, 소금도 점검했다.

드디어 디데이, 토요일 아침이다. 새벽 4시에 일어났다. 심호흡하고, 몸을 서둘렀다. 주먹밥 만들어 넣고 4시 30분에 집을 나섰다. 새벽 공기가 찼다.

우리가 이렇게 정선으로 김장 배추 사러 다닌 지도 벌써 4년째다. 예전에는 친정 식구들과 3백 포기 정도 김장을 해서 집집마다 나누었다. 김장 담그며 재미난 시간들을 보냈는데, 해가 지날수록 함께 김장을 한다는 것이 쉽지 않은 일이라 각자 담가 먹기로 했다.

처음에는 혼자 김장 담그는 것이 두렵고 막막했다. 절임배추로 김장하는 집들이 많아졌다 해서 당연하게 절임배추를 사서 김장을 담았다. 그런데 그렇게 담근 김장 김치는 맛이 없었다. 1년 먹거리 농사를 망쳤다. 맛없는 김치 먹느라 1년을 고생했다.

해가 바뀌고 김장철이 다가왔다. 남편이 인터넷을 열심히 뒤지더니 정선에 있는 '한농장'을 찾아냈다. 농장 주인 아저씨는 도시에서 일하다 몸에 병을 얻어 고향으로 돌아왔다. 고향에 돌아와 농사일을 하면서 건강을 되찾았다 했다. 농사를 지은 지는 그리 오래지 않은 젊은 농부였다.

새벽 4시 30분에 출발해서 정선에 도착하니 8시쯤이었다. 농장 주인이 놀란다. 배추 사러 직접 찾아올 줄은 생각 못 했다며 반가워했다. 밤사이 살짝 얼어 버린 배추를 밭에서 뽑아 차 안 가득 실었다. 인심도 후해서 덤으로 많이 주셨다.

올해도 간다고 미리 연락 드려 놓았더니, 농장 아저씨와 할머니가 반겨 맞아 주신다. 배추가 얼까 봐 저녁에 미리 뽑아 작업해 놓았다며 배추 30포기, 무 10개, 파 3단, 알타리 3단을

포대에 담아 차 안에 실었다.

농장 아저씨 얼굴이 작년보다 더 좋아 보였다. 유기농법으로 배추 농사짓는 일은 노력에 비하면 수익이 너무 적다면서도, 우리 나눠 줄 배추는 계속 있을 테니 걱정 말라신다.

"내년에 또 배추 사러 올게요."

서둘러 농장을 빠져나왔다. 겨울로 접어든 정선의 가리왕산을 뒤로 하고 평창강의 아침 햇살을 받은 갈대와 은행나무 풍경을 지나 오전 11시쯤에 집에 돌아왔다. 이제 진짜 시작이다.

점심 먹기 전에 배추를 절인다. 배추, 무, 김장거리를 베란다에 옮겨 놓고 안흥찐빵을 먹으면서 일을 시작했다. 배추를 반으로 쪼개고 소금물에 배추를 담갔다. 배추를 소금물에서 꺼내 배추 속에 소금을 켜켜이 뿌렸다. 김장용 비닐에 소금 뿌린 배추를 차곡차곡 집어넣었다. 어지간히 배추를 넣고 묶어서 한켠에 두었다. 커다란 비닐봉지가 세 덩이다. 이렇게 4시간 정도 두면 다 절여진다.

다음은 파다. 아! 파 다듬다 돌아 버릴 것 같다. 파를 너무 많

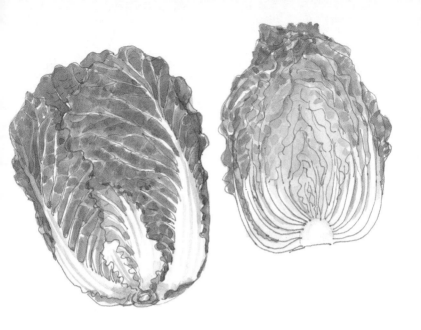

이 샀다. 양 가늠을 못 해서 파가 넘쳐났다. 남은 파로 파김치 담가야겠다.

갓, 무를 다듬은 뒤에는 알타리를 다듬고 씻었다. 남편이 김 장배추 속 넣기 전에 알타리를 먼저 달라고 한다. 그래서 알타 리를 소금 넣고 절였다. 김장 야채 양념에 들어갈 무, 야채, 파 를 씻고 있었는데, 남편은 알타리 김치 담으면서 계속 나를 부 른다.

파 가져올까?

찹쌀풀 줘.

마늘은?

젓갈은 어딨어?

고춧가루 어딨어?

소금은?

미쳐 버릴 거 같다. 도와주는 거까진
좋은데, 이거 가지고 와라, 저거 어딨냐,
채소 씻다 말고 일어서기를 일여덟 번은
한 거 같다. 참자. 그래도 어디냐. 김장 도
와주는데. 참자. 참자.

작년 양념 레시피에, 인터넷 김장
고수들의 레시피를 참고로 양념을
만들었다. 하루 전에 불려 둔 고
춧가루, 마늘, 찹쌀풀, 생강, 새
우젓, 갈치액젓, 파, 갓, 무 갈은
것, 소금, 무 채 썬 것을 몽땅
집어넣고 힘 좋은 남편이 양

념을 버무렸다. 그러는 동안 배추가 절여졌다. 절인 배추를 깨끗한 물에 네다섯 번 정도 씻어서 소쿠리에 담아 3시간 정도 물기를 빼 주었다. 무는 석박지용으로 크게 썰어 젓갈과 고춧가루에 버무려 놓았다.

이렇게 양념, 절임배추를 준비하니 벌써 저녁 8시다. 그때부터 배추 속을 집어넣기 시작했다. 한 통, 두 통, 세 통, 네 통, 김치 통에 김치가 채워졌다. 김치 사이사이에 석박지를 집어

넣었다. 시간이 지날수록 허리가 아파 온다. 자정이 넘어간다. 1시쯤 되니 마지막 여덟 번째 통이 채워졌다. 4시에 시작해서 다음 날 새벽 1시 30분에 끝이 난다. 21시간 30분 동안의 고된 하루였다.

바닥을 대충 정리하고 그릇들을 베란다에 내다 놨다. 일단 잠부터 자야 했다. 허리는 아프고 머리는 빙글빙글 돌아간다.

다음날 아침 7시에 눈을 떴다. 설거지하고 우거지 삶고 바닥 쓸고 닦고 김치 통 정리까지. 모두 끝내니 오후 3시다.

그리고 친정엄마 모시고 와서 돼지고기 보쌈에 양념, 배추 절인 쌈을 준비하고 우거지국 끓여서 맛있게 저녁을 먹었다. 직접 담가서 그런지 더 맛있다.

우리 집 식구들은 김치를 참 좋아한다. 맛있게 먹어 주는 아들과 김장하는 날이 기다려진다는 남편 덕에 김장하는 일이 수월해지긴 했다. 김장 전엔 일이 무서웠는데, 큰 숙제 끝낸 것 같아 후련하다.

그래! 내년에도 올해 경험을 살려 더 맛있게 담아 보리라.

풀꽃과 살아가는 날들

우리 집만의 김장 레시피가 완성되어 가는 느낌이다. 내년 먹거리 준비는 이렇게 완성되었다.

나도 남편도 수고했어요! 짝짝짝.

2부 풀꽃과 함께한 나날들

웬만하면 같이 하자

오랜만에 음악회를 다녀왔다.

말러 교향곡 9번 d단조.

말러가 마지막 완성한 교향곡이다. 죽음과 이별에 관한 음악이다. 1시간 40분 동안 쉬는 시간 없이 죽 4악장까지 연주되는 곡이다. 공연 내내 묵직함과 알 수 없는 슬픔이 느껴져 나도 모르게 눈물이 났다. 마지막까지 숨쉬기도 편하지 않았다. 감상하기 힘든 곡이다. 온몸에 전율을 느끼며 들었다.

공연이 끝나고 나오는 길, 서로를 의지하며 다정한 모습으로 걸어가는 노부부를 보았다. 우리도 저 부부처럼 늙어 가고 싶다고 했더니, 남편도 보기 좋다고 한다. 돌아오는 길, 말러 교향곡 들으며 어땠는지 서로가 느꼈던 감동을 이야기하는 시간도 좋았다. 앞으로도 좋은 공연 있으면 가끔 같이 보러 가자고 한다. '남편과 같이 할 수 있는 취미'에 음악회 가는 게 추가될 것 같다.

남편과 나는 같이 할 수 있는 것을 그때그때 찾아서 해 왔다. 내가 세밀화를 시작하면서부터였다. 식물 취재를 다니려면 카메라가 필요했고, 마침 남편은 사진 찍는 걸 참 좋아했다. 주말에 이곳저곳 식물 찾아 같이 다니는 일이 많아졌다.

디지털카메라를 사고, 접사렌즈, 망원렌즈 등 필요한 장비를 마련했다. 남편은 기종을 바꿔 가며 사진 찍는 거에 빠져들었다. 풍경 사진도 참 잘 찍었다. 식물원, 지리산, 우포늪, 도덕산 등 여러 곳을 다니며 찍었다. 평소에 무척이나 아껴 쓰는 남편 성격에 카메라 장비 사는 것에 열을 올리는 걸 보면 얼마나 좋아하는지 알 수 있었다.

남편 사진은 자연물이 뭔가 똑 떨어지게 깔끔하다. 나는 식물의 정보가 중요하니 개체가 잘 보이도록 찍는 게 중요했다. 초창기에는 개체 찍는 것에 집중했다면, 지금은 전체 생태 모습, 식물이 어우러진 모습을 주로 찍는다. 내가 작업하는 그림책 방향하고 같이 가는 거 같다. 생각이 변하기도 했다. 남편은 그때나 지금이나 비슷하다.

처음 세밀화 시작했을 때는 남편 도움을 많이 받았다. 나는 기계치다. 컴퓨터, 카메라, 휴대전화 같은, 기계로 된 것은 다 잘 못 다룬다. 처음 카메라 샀을 때도 남편이 카메라 사용법을 공부해서 나에게 알려 줄 정도였다. 그랬는데도 금세 잊고 자동 모드로 놓고 막샷이다. 나는 그게 더 편하다. 왜 이리 기계 적응이 안 되는지. 낮 동안 작업한 것들을 컴퓨터에 저장해야 하거나, 출판사로 그림을 보내야 할 일이 있으면 남편이 퇴근하고 집에 올 때까지 기다린다.

남편은 군말 없이 잘 알려 주고 처리해 준다. 지금 글 쓰면서 새삼 느끼는 건데, 남편이 참 고맙다. 잘해 주는 것도 없이 남편이 나만 부려먹었다 생각했는데, 곱씹어 생각해 보니 남편도 이것저것 나에게 해 준 게 많네.

남편과 같이 자전거를 탄 것도 기억에 남는다. 4년 정도, 주말 아침마다 같이 자전거 타고 안양천, 한강변, 하늘공원을 두세 시간씩 달렸다. 자전거 타다 넘어져서 팔도 부러지고, 그래서 몇 달 그림도 못 그리고 고생도 했지만 지금 생각하면 몸을 쓰면서 했던 일인지라 더 오래 기억 남는다.

아이들 입시에 집안일이 겹쳐 지금은 자전거가 제구실 못

하고 집에 모셔져 있다. 벌써 3년째다. 그래서 중고로 팔자 했더니 퇴직하면 시간 많아질 거니까 그때 같이 타잖다. 난 좀 귀찮은데. 힘들기도 하고. 아무튼 나중에 생각하자.

이렇게 저렇게 남편과 공통으로 할 수 있는 취미나 일은 같이 하려고 노력한다. 웬만하면 같이 하자, 하면 우리 부부는 서로 따라 주는 편이다. 나중을 위해서다.

이제 얼마 안 있으면 우리 부부만 생활해야 할 때가 곧 온다. 그때를 준비하는 거다. 서로 따로국밥처럼 되어 버리면 안 좋을 거 같다. 앞으로의 긴 여정을 서로 잘 맞추어 가며 살아야 한다. 같이 노력해야 잘살 수 있다는 걸 알기에 노력한다.

남편에게 식물 이름으로 지은 별명이 있다. 사진 동호회에 사진 올릴 때 쓰는 이름인데, 내가 지었다. '바랭이'다. 내가 식물 세밀화를 한참 그리고 있을 때라 그런 이름이 떠올랐다. 지금은 내가 별명으로 쓰고 있다.

'바랭이 아줌마.'

바닥에 뿌리내리고 사는 풀. 바랭이는 한해살이풀로 줄기

가운데는 비어 있고, 땅바닥을 기면서 가지를 뻗는다. 농부들에게는 지독한 풀이다.

우리 부부도 지독하게 살았다. 앞으로는 좀 더 여유 있게 지냈으면 좋겠다.

간절하면 보이나니

2006년 12월, 합정동에서 보리출판사 송년회가 있던 날이었다. 송년회 끝나고 집으로 가기 위해 합정역 1번 출구로 갔다. 그곳에서 우연히 노정임 씨를 만났다. 정임 씨는 《무슨 풀이야》, 《무슨 꽃이야》의 식물 그림 수정 작업을 할 때 담당 편집자였다. 노정임 씨가 보리출판사를 그만둔 뒤 2년 만에 그곳에서 우연히 만난 것이었다. 그때부터 지금까지 우리는 12년째 같이 일하고 있다.

정임 씨는 기획도 하고 글도 쓰고 편집도 한다. 〈아이들은자연이다〉 출판사 대표이기도 하다. 나는 정임 씨가 쓴 글에 그림을 그린다. 그리고 같은 동네 주민이기도 하다. 한 달에 두 번 정도 만나 편집 회의를 한다. 우리의 아지트인 동네 카페에서 서너 시간 정도 세상 이야기, 친구 이야기, 식구 이야기, 책 이야기를 한다.

우리는 책을 통해서 진화 이야기, 농사 이야기, 텃밭, 먹거리, 동물, 곤충 등 지구에서 우리와 같이 살아가는 모든 것에 대해 꼭 알아야 할 기본 중의 기본을 어린이들에게 쉽게 알려 주려고 애쓴다.

한 권의 책으로 담아서 엮기까지, 여러 과정 등을 거쳐서 다듬고 다듬는다. 그때 주어진 상황에 항상 최선을 다한다. 매번 만족스럽지는 않다. 다음에 만들어질 책에 공을 쏟아야 하니, 아쉬운 점이 있어도 잊고 또 새롭게 시작한다.

무엇이든 처음은 어렵고 두렵다. 머리를 쥐어짜기를 수십 번 해야 겨우 길이 보일까 말까다. 처음이라서 제대로 하고 있는지 확신이 안 간다. 그러다 보니 그림도 소심하게 그려진다. 완성될 때까지 불안과 답답함은 없어지지 않는다. 끝내고 나면 대견함과 후련함이 찾아온다. 책이 출간되면 독자들이 어떻게 느낄지 두렵다. 지금까지 40여 권의 책에 그림을 그렸는데도 아직도 내내 그렇다.

그중에서도 특별히 의미가 있고 애정이 많이 가는 책은 정임 씨와 처음 함께 만든 책 《애벌레가 들려주는 나비 이야기》다. 첫사랑 같은 순수함을 간직한 책이다. 어설프고 미숙했던 나.

나비의 한살이와 서식지, 먹이 식물에 초점을 맞추어서 일 년 동안 나비를 취재하고 그렸다. 여러 지역의 서식지를 찾아다니며 사진 찍고 나비 공부하면서 그림이 완성됐다. 봄에 볼 수 있는 나비 아홉 종을 책에 담았다. 호랑나비, 꼬리명주나비, 노랑나비, 배추흰나비, 갈구리나비, 남방부전나비, 작은주홍부전나비, 작은멋쟁이나비, 네발나비.

호랑나비

취재를 처음 시작할 때는 막막했다. 어딜 가야 나비를 볼 수 있을까? 애벌레며 알, 번데기까지 다

남방부전나비

풀꽃과 살아가는 날들

볼 수 있을까?

배추흰나비

　사진 장비가 마땅치 않아 중고 접사 렌즈부터 하나 샀다. 기록을 보니 2007년 5월 1일에 월드컵공원으로 나비를 보러 갔다. 그곳에서 노랑나비, 배추흰나비, 남방부전나비를 만났다. 나비들이 날아다니는 곳에는 어김없이 먹이식물들이 있었다. 토끼풀, 십자화과풀들, 괭이밥이 가득한 풀밭 위에 나비들이 팔랑거리며 날아다녔다. 평화롭고 아름다웠다. 그러나 나는 구경만 하러 간 게 아니고 사진을 찍어야 했다. 나비들은 잠시도 가만있지 않았다. 사진 찍기가 정말 어려웠다. 한참 동안 그저 조용히 나비의 움직임을 관찰했다. 보고 있자니 저절로 미소가 지어졌다. 귀엽고 사랑스럽다.

노랑나비

　　　　　노랑나비가 민들레꽃에 앉아 대롱을 쭉 내밀었다. 그러다 이내 다시 팔랑팔랑 여기저기 날아다닌다.

　　　　　꼬리명주나비는 우리 엄마 텃밭이 있는 청원에서 보았다. 논가의 잡초를 취재하러 간 길이었다. 논둑을 걸

117

어가는데 제법 큰 날개를 가진 나비가 느
릿느릿 날고 있었다. 흰 바탕에 검은 무
늬가 있고, 뒤쪽에 붉은 무늬가 보인다.
날개 끝에 꼬리가 있었다. 꼬리명주나비 수
컷이다.

네발나비

작은멋쟁이나비

논두렁 주변에는 쥐방울덩굴들이 있었
다. 식물 취재한다고 그렇게 여러 번
이곳을 다녔는데도 나비는 안 보였
다. 그런데 나비 책을 하니까 나비가
보이는 거다. 참 신기했다.

꼬리명주나비는 나비치곤 날개가 커서 그
런지 느리게 비행한다. 팔랑거리지 않고, 우아하게 난다.

우리 집은 안양천과 가까워 그곳에서 식
구들끼리 인라인도 타고 자전거도 타
곤 했다. 가끔 남편과 산책 겸 식물
도 볼 겸 사진 찍으러 자주 간다. 그
곳에서도 나비를 보았다. 온통 나비에

꼬리명주나비

풀꽃과 살아가는 날들

관심이 쏠려 있을 때라 그런지 나비만 보였다. 환삼덩굴이 많은 곳에는 네발나비가 보였고, 쑥이 많은 곳에는 작은멋쟁이나비가 날아다닌다.

작은주홍부전나비

나비들은 저마다 먹이식물이 있다. 먹이식물에 알을 낳고 알에서 깨어난 애벌레들은 먹이식물을 먹고 자란다. 애벌레가 다 자라면 번데기가 되고 딱딱한 번데기 속에서 나비가 되기까지 때를 기다린다. 때가 되면 딱딱한 껍질을 뚫고 나비가 되어 날아오른다.

예전에는 길가나 들판 어디에나 나비가 많았지만 요즈음에는 그 흔했던 나비들의 개체 수가 줄어들고 있다고 한다. 환경이 변하고 있다.

아홉 종의 나비 중에서 가장 만나기

갈구리나비

힘든 나비는 갈구리나비일 거라 생각했다.

만나 보지 못하고 참고 자료로 그림을 그려야 할 거 같았다.

그래도 여기저기 다니다 보면 꼭 만날 수 있을 거라 믿었다.

"갈구리나비, 갈구리나비, 장대나물, 장대나물……."

그렇게 주문을 외고 다녔다.

서울 근교에 있는 도덕산으로도 자주 취재를 다녔다. 우리 집하고도 가깝다. 산 주변에 오래된 텃밭들이 있는 곳이다. 2007년 5월 13일, 나비도 보고 텃밭 작물도 보려고 도덕산에 간 길이었다. 텃밭에는 하얀 완두콩꽃이 드문드문 피어 있었고, 감자도 제법 자라 잎줄기 위로 꽃망울이 맺혔다. 그곳 산 입구 쪽 낮은 언덕에서 장대나물을 보았다! 장대나물은 두해 살이풀로, 첫 해는 잎이 로제트처럼 퍼진다. 다음해에 높이 자란 줄기에 잎이 어긋나게 달리고 꽃도 핀다. 여기저기 로제트 형의 장대나물과 제법 웃자란 모습의 장대나물이 쇠뜨기풀 위로 여러 그루가 높이 올라와 있었다. 이렇게 장대나물이 많이 있는데 아무리 둘러보아도 갈구리나비는 보이지 않았다. 때를 놓쳤나? 갈구리나비는 봄에 한 번, 4~5월경에 짧게 볼 수 있다. 그래서 더 보기 힘든 귀한 나비다.

할 수 없다, 일단 살 만한 곳을 알았으니 내년 봄을 기약하자! 그러면서 돌아서는데, 갑자기 갈구리나비 한 마리가 눈앞에 떡하니 나타났다. 내 주위를 천천히, 느리게 날았다. 가끔씩 팔랑거리면서 돌기도 하고 이리저리 날아다녔다. 나는 그 나비를 쫓아다니며 카메라 셔터를 쉴새없이 눌렀다. 그렇게 한동안 날던 나비는 얼마 안 있어 언덕 위로 날아가 버렸다. 마법 같은 순간이었다. 그때를 떠올리면 아직도 감동이다.

추운 겨울이 지나고 봄이 올 때마다 그때 생각이 난다. 나비 찾아 들로 산으로 다니며, 나비처럼 팔랑거리며 돌아다니고 싶어진다.

엄마에게 자랑스런 딸이 되려고

우리 엄마는 인생을 고단하게 사셨다. 안 씨 집안 맏며느리로 시집 와서 시부모, 시동생, 우리 다섯 남매를 거느리고 그 옛날에 시집살이를 호되게 하셨다.

시어른 모시고, 어린 시동생들 돌보며 시집, 장가 보내고, 우리 다섯 남매 키우시고 밭에 나가 들일도 하셨다. 열심히 일하며 인내하며 사셨다. 여자임을 버리고 일꾼처럼 그렇게 사셨다. 이제는 늙어 파파 할머니가 되셨다.

내가 초등학교 1학년 때 청원에서 서울로 이사했다. 아버지가 서울에서 회사를 다니게 되시면서 시골집은 그때부터 비워 두었다.

아이들 교육시키고 시집 장가 보내면서 어느 정도 여유가 생기기 시작했다. 아버지 정년퇴임하신 뒤에, 30년간 비어 있던 시골집을 리모델링했다.

그때부터 우리 엄마는 금요일마다 기차 타고 시골로 내려가셨다. 시골에 놀리던 땅에 텃밭을 가꾸기 시작하셨다. 주말이면 우리 형제들도 시골로 내려가 텃밭 일손을 도왔다. 나는 그곳에서 자연스럽게 잡초와 곡식 취재를 하게 됐다.

엄마는 손이 크다. 뭐든 적게 하는 법이 없다. 노는 땅이 없이 알뜰살뜰하게 때에 맞춰 채소며 감자, 고구마, 콩, 깨 같은 것을 심었다. 가을에는 심어 놓은 작물들을 추수하느라 형제들이 다 모여 가을걷이 일손을 도왔다. 어느새 텃밭 정도가 아니고, 제법 일 년 농사가 되었다.

이 풍요의 수고스러움도 언제나 늘 그렇게 계속될 것처럼 보였는데, 사느라 바빠지니 그것도 쉽지 않았다.

일손 도우러 가는 사람은 늘 가고, 못 가는 사람은 늘 못 갔다. 정해진 것처럼 보였다.

　누가 돕건 못 돕건, 엄마는 해마다 같은 양의 일거리를 만들었다. 농부의 마음이었다. 절대 바뀌지 않으셨다.

　엄마 당신이 너무 고되고 힘들 때면 입버릇처럼, "내년에는 줄인다. 올해는 심은 거 아까우니 마무리만 할 거다." 하신다. 그러다 막상 새해가 되고 봄이 되면 다시 시골로 기차 타고 가신다. 겨울에 쉬면서 다시 잘해 낼 거 같은 마음이 생기는지, 힘들다 하시면서도 다시 농부의 마음으로 향하고 있었다.

아버지가 뇌졸중으로 쓰러지시면서 3, 4년 동안 엄마가 그 병수발을 했다. 그러다 우리 큰아이 고등학교 2학년 때 아버지가 돌아가셨다. 한동안 시골 텃밭 농사는 멈춰 있었다.

아버지 돌아가시고 엄마가 많이 우울해하셨다. 우리 아버지, 엄마한테 잘하는 분이 아니었다. 아마도 엄마가 아버지를 더 많이 사랑하셨던 거 같다.

그렇게 3년이 지났다. 3년 뒤 엄마는 다시 금요일마다 기차를 타기 시작했다.

당신 마음의 허전함과 쓸쓸함을 달래려 다시 텃밭 농사를 시작하신 거 같다. 밭에 나가 일하는 동안은 잡념이 없어진단다. 그리고 몸이 고단하니 밤에 잠도 잘 온다고 하신다.

시골 텃밭 농사는 엄마에게 멈출 수 없는, 멈추면 안 되는, 어쩌면 엄마의 생을 이어 가게 하는 명줄 같아 보였다.

식물 세밀화 그림 그리면서는 엄마 도움을 많이 받았다. 식물 취재 가는 날은 엄마한테 아이들을 맡길 수 있어서 먼 길을 걱정 없이 다녀올 수 있었다.

엄마 도움 덕분에 지금까지 이 일을 쉬지 않고 계속할 수 있었다. 항상 감사드린다. 그리고 우리 엄마는 내가 하는 일을 아주 자랑스럽게 생각하신다.

농부의 시계

텃밭 농사를 하면서 엄마가 해마다 꼭 키우는 작물들이 있다. 메주콩, 동부, 팥 같은 콩 농사와 들깨와 고구마 농사다. 자식들에게 나눠 주려고 심으시는 거다. 그중 메주콩은 엄마가 특별히 신경 쓰는 작물이다.

그 노란 콩으로 메주 만들고 다음해 이른 봄에 된장을 담그신다. 엄마가 시집 와서 한 번도 거르지 않고 지금껏 해 온 일이다.

장이 잘 된 해는 집안이 편안하고, 장이 잘 안 된 해는 집안에 우환이 있다고 하시며 장 담그는 일은 정성을 다해 공들여

하신다.

동부콩, 강낭콩, 팥, 녹두도 심는다. 동부는 밥에 넣어 먹으면 밥이 구수하고 맛있다. 엄마가 팥죽을 좋아하시니 팥도 꼭 심으신다.

우리 집 식구들은 콩을 별로 좋아하진 않는다. 엄마가 콩을 챙겨 주시면 콩밥을 좋아하지 않는 우리 애들은 콩을 골라 내고 먹는다. 그래서 궁리 끝에 콩을 삶아 채소, 햄 넣은 볶음밥 할 때 같이 콩을 넣으면 그것은 잘 먹는다.

콩 그림을 그려야 해서 콩 취재하러 신림농협에 간 적이 있
다. 입구에 콩을 주우욱 심어 놓았고, 콩 그루마다 팻말이 꽂
혀 있다. 아직 열매가 다 영글기 전이었다. 콩 종류가 너무 많

2부 풀꽃과 함께한 나날들

왔다. 난감했다. 잎이나 꽃으로는 구별하기가 어려웠고, 그 콩이 그 콩처럼 보였다. 열매가 다 자라야 알 수 있는 노릇이다.

콩이 다 익은 뒤에 그 콩을 엄마한테 가져갔다. 이건 강낭콩, 이건 동부, 검정콩, 서리태, 이건 팥, 이건 녹두……. 엄마는 막 힘이 없었다. 심는 시기를 여쭤 보아도 줄줄줄. 농사에 관해서는 어찌 그리 잘 아시는지…….

서울로 이사 와서는 농사지을 일 없는 30년 세월을 보내고, 텃밭 농사를 시작하면서 그 옛날 일을 떠올려 다시 농사를 지으시는 거 보면 신기하다.

어느새인가 농부의 시계에 맞춰진 우리 엄마의 인생은 그렇게 흘러가고 있다.

풀꽃과 살아가는 날들

부엌에서 길러 먹기

부엌은 내게 부담스러운 공간이었다. 이 애증의 장소에서 누군가 대신 부엌일을 해 주면 좋겠다는 넋두리가 점점 늘어간다. 부엌일이 하기 싫다.

매일매일 뭘 해 먹을지도 고민이다. 그림책 작업하다 끼니 걱정하려니 머릿속이 어지럽다. 집중이 잘 돼야 음식을 해도 맛이 나는데, 요즘은 정신없고 우왕좌왕할 때가 많다. 그래서인가, 끼니 챙겨 주고 나면 맛없다고 애들이 눈치 준다.

"그냥 먹어!"

억지로라도 먹으라고 강요한다. 한 끼 때운 걸로 스스로 위안하고 넘긴다.

아이들 방학 때면 더 힘들다. 그림 작업하는 중에 집에 있는 아이들 끼니 챙기느라 하던 작업을 멈추게 되면 짜증이 난다.

《우주랑 사람이 같다고요?》의 원고를 읽고 밑그림 작업할 때였다. 화학 원소에 대한 이야기다. 수소, 산소, 질소, 인, 칼슘 등은 우리 몸속을 구성하는 원소들이다. 이 원소들은 우주의 탄생, 즉 빅뱅이 일어나면서 100만의 1초 후에 소립자가 발생하고 1초 후에 수소 원자 핵이 발생하고 3분 후에 헬륨이 발생하고……. 우아, 어렵다. 참고 자료들을 여기저기 찾아서 확인하고 공부하면서 작업했다. 어린이 눈높이에 맞게 그림으로 쉽게 표현해야 한다. 머릿속이 복잡하다. 원소 주기율표를 보면서 원소들의 색과 크기를 정한다. 산소를 하늘색으로 할까, 분홍색으로 할까? 이리저리 궁리하면서 색연필로 색칠해 본다. 온 머리를 쥐어짜냈다.

그러다 보면 어느새 오후 5시. 후~ 한숨이 나온다. 벌써 시간이……. 시간은 잘도 간다. 이제부터는 주부로 모드 전환.

"오늘은 뭘 해 먹을까?"

냉장고 문을 열고 식재료를 확인한다. 그래, 오늘은 된장찌개, 콩나물무침, 돼지불고기 해 먹어야겠다.

우리 집 부엌 창가에는 양파, 당근이 자라고 있다. 제법 음식에 쓸 만큼 자랐다. 저녁 반찬 만들 때 끊어서 쓴다.

양파와 당근은 수경재배로 기르고 있다. 수경재배로 채소 기르기는 아주 간단하다. 페트병과 물, 시간만 있으면 된다.

1. 당근

당근은 밑동을 3~5센티미터 정도 잘라서 오목한 작은 접시에 물을 자작하게 담아 두면 된다. 2, 3일 지나면 살짝 싹이 움트기 시작한다. 날마다 물을 갈아 준다. 하루가 다르게 당근 잎이 쑥쑥 자란다. 잎이 무성해지면 끊어 나물로 무쳐 먹거나 샐러드 재료로 쓰면 된다. 샐러리 향과 미나리 향 비슷한 맛이 난다. 미나리나 쑥갓나물보다 더

향긋하고 맛있는 거 같다.

당근 밑동에서 하얀 실뿌리가 보일 때
쯤에 화분에 옮겨 심으면 당근 뿌리가
흙 속으로 뿌리 내리면서 잎은 더 풍성
하게 되고 꽃대가 올라오기도 한다. 당
근 꽃대는 길게 자라므로 지지대를 세워
주면 쓰러지지 않는다. 80센티미터에서
1미터는 크는 거 같다. 꽃은 겹우산 모
양으로 꽃봉오리가 사방으로 벌어지면서 작고 하얀 꽃이 모여
핀다. 하얀 레이스 드레스를 입은 신부처럼 우아하고 곱다.

2. 양파

양파와 대파는 음식할 때 꼭 들어가는 기
본 채소들이다. 양파는 많이 구입해서 쟁여
놓고 쓰는데, 오래 보관하다 보면 싹이 나
기도 한다. 싹이 난 양파는 물 컵에 걸쳐 두
면 아래로는 하얀 뿌리를 길게 내리고 위로

풀꽃과 살아가는 날들

는 잎줄기가 자란다. 잎줄기는 4~5개 정도 길게 자라는데 쪽파랑 비슷하다. 길게 자란 잎줄기는 끊어서 곱게 칼로 다져서 간장에 넣고 깨소금이나 고춧가루 넣고 양념장을 만들어 마른 김에 밥 싸서 먹을 때 찍어 먹으면 된다. 쪽파보다 향긋하고 맛 좋다.

3. 대파

11월 말쯤 엄마의 시골 텃밭은 가을걷이를 마친다. 엄마는 텃밭에서 자란 대파를 전부 뽑아 형제들에게 나눠 주신다. 대파가 많아서 베란다 화분에 심어 놓고 필요할 때마다 대파 밑동의 흰 부분을 남겨 두고 잘라 쓴다. 그러면 잘린 파에서 새로운 줄기가 올라온다. 어느 정도 자라면 또 끊어 먹으면 된다. 이렇게 대파 한 그루에서 세 번 정도 길러 먹은 거 같다. 잘라서 올라온 새로운 줄기는 처음보다는 가늘다. 일주일에 한 번 물을 준다. 이렇게 하면 봄이 될 때까지 겨우 내내, 대파는 자급자족할 수 있다.

4. 콩나물

내가 어릴 적에는 집에서 콩나물을 길러서 먹었다. 방 한구석에 콩나물시루가 검은 보자기에 덮여 있었다. 엄마는 하루에도 몇 번이고 검은 보자기를 젖히고 시루에 물을 주곤 했다.

언제부터인지 모르지만 콩나물은 집에서 길러서 먹지 않고 마트에서 파는 채소가 되었다. 내가 결혼하고 쭉, 그리고 불과 얼마 전까지만 해도 마트에서 사 먹었다. 그러다 2016년 9월쯤,《내 방에서 콩나물 농사짓기》책에 그림 작업을 하게 되었다. 책 저자인 정임 씨의 권유로 콩나물을 기르기 시작했다.

"마트에서 사 먹는 콩나물과는 맛이 달라요!"

쥐눈이콩으로 콩나물을 기르면서 관찰해 보고, 나물 반찬해서 먹어 보라고 한다.

먼저 쥐눈이콩을 서너 시간 정도 물에 불린다. 시루가 없어서 파스타 냄비에 있는 인서트에 불린 콩을 넣고 파스타 냄비에 넣은 뒤 뚜껑을 닫아 부엌 한구석 어두운 곳에 두었다. 콩나물은 빛을 보면 콩나물 대가리가 푸른색으로 변하고 잔뿌리가 많아진다. 그래서 빛을 차단해야 한다. 우리 엄마가 콩나물

풀꽃과 살아가는 날들

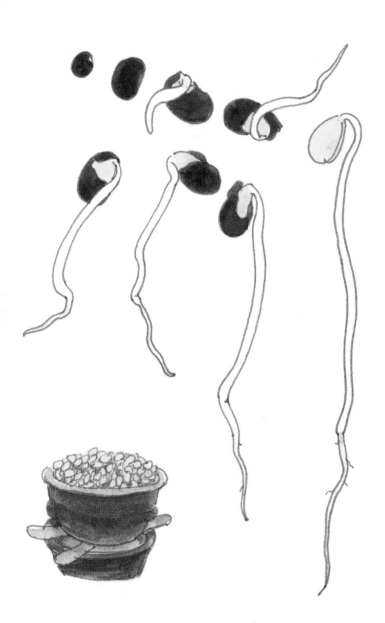

시루에 검은 보자기를 덮어서 콩나물 키운 거처럼 물을 주고 난 다음엔 꼭 뚜껑을 닫는다.

그러고는 하루에 서너 번 정도 물을 듬뿍 준다. 이렇게 6일 정도 기르면 나물 해 먹을 정도로 콩나물 줄기가 자란다. 까만 비닐봉지에 담아 냉장고에 보관해서 콩나물무침 먹고 싶은 날 파, 마늘, 깨, 소금, 참기름 넣고 조물조물 무쳐서 먹으면 마트 에서 산 콩나물보다 훨씬 훨씬 고소하고 맛있다. 이렇게 하면 일주일에 한 번은 길러서 먹을 수 있다.

5. 레몬, 아보카도

채소 기르는 재미에 빠져서는 지난여름에 레몬즙을 짜다 나 온 레몬 씨앗 세 개까지 화분에 심었다. 레몬나무에서 열매를 수확할 날을 기대하면서.

그러고는 가끔 생각날 때마다 화분에 물을 주었다. 2주가 지 나도 싹이 안 올라왔다. 마트에서 산 레몬이라서 싹이 안 올라 오나 싶었다. 그러다 3주째, 화분에서 아주 쬐그만 싹이 흙을 뚫고 삐죽이 나왔다. 3일 더 지나자 나머지 2개의 싹도 보였다.

매일 조금씩 더디게 자랐다. 일주
일 지나니 잎 모양처럼 생긴 것이 2
개 보인다. 이렇게 두 장, 세 장, 네
장, 다섯 장 잎이 달렸다. 10센티미
터 정도 자란 거 같다.

레몬

한 그루씩 큰 화분에 옮겨 심었다.
이제 6개월이 지났다. 잎은 16장 정
도 달렸고 20센티미터 정도 컸다.
참 느리게도 자란다. 언제쯤 나무처럼 커서 꽃도 피고 열매 맺
을까? 오랫동안 기다려야겠다. 잊고 있어야지.

지금 작업하는 책에는 아보카도 기르는 이야기가 나온다.
그래서 또 식물 기르기에 도전한다. 아보카도가 뿌리 내리길
기다리며 씨앗을 반쯤 물에 담가 놓았다.

내 작업실은 우리 집 거실이다. 거실 베란다 창 쪽에 내 책
상이 있다. 생활 공간과 작업 공간이 맞물려 불편할 때도 있지
만 소소한 채소 기르기는 쉽고 편하게 그림을 그릴 수 있게 해

2부 풀꽃과 함께한 나날들

주는 유용한 취미다.

나이 쉰을 맞으면서 부엌일이 점점 싫어지고 미루게 되는 날이 많아졌다. 그러다 이렇게 식재료들을 자급자족하면서는 부엌일이 좀 재미있어졌다. 이 약발이 언제까지 갈는지 모르지만 지금은 좋다. 뿌듯하다.

"이 콩나물 내가 기른 걸로 무친 거야."

"양념장에 들어간 거는 파가 아니고 양파 줄기야. 맛있지?"

"된장찌개에 들어간 대파도 내가 기른 거다."

"이건 당근 잎이야. 향이 좋지?"

가족들에게 일일이 설명하며 내가 공들여 키운 거라고 자랑한다.

흐흐흐, 재밌다.

집은 나의 놀이터

나는 그림 작가다. 나는 가정주부다. 나의 일터는 집이다. 나는 혼자서도 잘 논다.

거실 한쪽 구석에 내 책상이 있다. 책상에는 컴퓨터, 연필, 종이, 이번에 작업할 원고가 있다. 나는 이곳에서 하루의 절반을 보낸다.

새벽 다섯 시 삼십 분이면 일어난다. 식구들이 일어나기 전에 아침 준비를 한다. 찌개 끓이고 계란 프라이, 간단한 아침 식사 준비를 하고, 아이들을 깨운다. 아침밥 먹고 남편은 출근하고, 아이들은 학교에 간다. 여느 집과 같이.

그때부터 집에는 나 혼자다. 조용하다. 오전에 대충 설거지며 집안일을 끝낸다. 가끔 피곤하면 잠도 청한다. 꿀잠이다.

다음에는 언제나 그렇듯, 책상 앞에 앉아 김동률 노래를 들으며, 달력에 이번 작업을 언제 끝낼지, 날짜를 정한다. 하루 몇 페이지씩 할 건지 그날의 작업 양을 정해 놓는다. 어제 다 못 한 작업은 그날 다시 조정한다.

컴퓨터를 켜고 인터넷으로 뉴스를 검색한다. 이런저런 잡다한 검색도 한다. 이번 작업에 쓸 만한 자료들을 찾아보며 시간을 보낸다. 작업 초반에는 늘, 언제나 그랬다.

그리고 원고를 읽고 또 읽는다. 원고 내용을 이해하려고 노력한다. 처음부터 이미지가 잘 떠오르진 않는다. 인내가 필요하다.

그러고도 작업이 잘 풀리지 않을 때 습관처럼 하는 딴짓이 있다. 예전부터 내 공간 꾸미기를 좋아했는데, 그림책 작업을 하면서 혼자 있는 시간이 많다 보니 그 딴짓하는 버릇이 더 심해진 거 같다.

책상, 컴퓨터, 침대, 텔레비전, 소파, 서랍장의 위치를 서로 바꿔 준다. 혼자 가구를 이리 끌고 저리 끌고 낑낑거리며 옮겨 놓는다.

오늘이 이삿날인 것처럼 집안은 금세 난장판이다. 가구 자리 바꿔 주는 것만으로도 새로운 공간처럼 느껴진다. 이참에 바닥 먼지도 깨끗이 청소가 되니 집이 상쾌해진다.

늘 똑같은 공간에서 지내면 지루하다. 그 지루함이 작업할 때 나를 무료하게 만든다 싶어, '지루한' 공간을 핑계로 병적으로 하는 짓이다. 한바탕 가구와 씨름을 하고 나면 온몸 마디마디가 욱신거린다. 안 해도 될 일을 몸 축내면서 하니, 쓸데없는 개고생이다.

그런 뒤에 다시 책상에 앉아 연필을 굴려 본다. 몸은 힘들어도 머릿속 깊은 곳에서 오는 개운함이 있다. 갑자기 머릿속이 팽팽 돌아간다. 원고가 쏙쏙 머릿속에 박힌다. 이미지가 떠오른다. 이 개고생 약발은 한 달 정도는 간다. 참 희한하게도 집안일이며 모든 일들이 척척 잘 돌아가는 느낌이다. 나도 모르게 몸이 들썩들썩, 김동률 노래를 따라 부르며 신나게 작업에 몰두해 간다. 이런 날은 밥, 반찬도 더 맛있다.

그런데 나이 먹을수록 가구 옮기는 일이 고되다. 매번 '이딴 짓은 이제 안 해야지.' 하면서도 해 놓고 후회한다. 그렇지만 나는 안다. 언제든 다시 공간에 싫증이 나면 또 병이 재발할 것이다. '가구옮겨라신'이 강림한다.

나에겐 내 맘대로 할 수 있는 놀이터가 집이고, 내 평생 일

터다. 그리고 가족과 함께 희로애락을 같이하는 공간이기도

하다. 그래, 나는 집순이다!!

꽃도 예쁘고 열매도 예쁜 살구

엄마 생신이어서 친정에 다녀왔다. 가족여행을 한다고 하는데, 나는 참석 못 할 거 같아서 미리 엄마 만나러 다녀온 것이다. 엄마랑 이런 얘기 저런 얘기를 나누고 점심 준비를 했다.

고기랑 된장찌개, 나물. 엄마가 해 주신 반찬은 언제나 맛있다. 맛나게 점심 먹고 나니 엄마가 이것저것 반찬을 담아 주신다. 시골에서 뜯어 온 푸성귀며 채소도 가득이다. 시골에서 따 왔다고 살구도 여러 알 주셨다. 살구는 7월에 진노란 주황빛으로 익는데, 시큼하면서 잘 익은 과실은 달다. 씨앗은 약재로 쓰인다.

풀꽃과 살아가는 날들

　식구들이 살구는 그다지 좋아하지 않아서 살구잼을 만들어
보기로 했다. 깨끗이 씻은 살구는 손으로 쪼개서 씨를 제거한
뒤 냄비에 살구를 넣고 설탕을 넣는다. 살구랑 설탕의 양은 같
게. 설탕이랑 살구가 녹아 내릴 때까지 중불에서 숟가락으로
저어 준다. 다 녹으면 약불에서 계속 졸여 준다. 레몬즙, 소금
약간을 넣어 주면 좋다. 찬물에 잼을 떨어뜨렸을 때 퍼지지 않

　　　　　　　　　　　　　　2부 풀꽃과 함께한 나날들

고 뭉쳐 있으면 다 된 거다. 고운 살구빛깔 잼이 완성됐다.

공부하고 온 딸에게 식빵에 잼 발라 주니 맛있단다. 내가 만든 잼이라고 자랑했다.

우리 집 뒷베란다 쪽 주차장에 커다란 살구나무가 있다. 올봄에 살구꽃이 흐드러지게 많이 피더니 살구가 다닥다닥 엄청 많이 달렸다. 가지가 휘어질 정도다.

살구가 익어 가는 걸 본다. 익어서 바닥에 떨어지는 살구가 잔뜩이다. 아이고, 아까워라. 아파트 단지 과실수들은 수목 소독을 자주 해서 그런지 아무도 따 가지 않는다. 비 오고 난 뒤 며칠 지나 관리실 아저씨들이 살구나무 가지치기하고 가지를 흔드니 바닥으로 살구들이 우르르 떨어진다. 아저씨 세 분이 빗자루로 바닥에 떨어진 살구들을 쓸어 담았다. 너무 다닥다닥 많이 달려서인지 알이 작다.

살구나무는 꽃도 예쁘고 열매도 예쁘다. 궁궐의 나무 책《궁궐에 나무 보러 갈래?》를 진행할 때였던 2013년에는 나무 관찰하러 경복궁을 1년 동안 다녔다.

경복궁에는 살구나무가 유난히 많았다. 자경전에 특히 살구가 많았는데 풀, 나무, 나비 등이 새겨져 있는 예쁜 꽃 담장은 봄날의 살구꽃과 참으로 멋지게 잘 어울렸다.

살구

봄에 피는 꽃 매화, 벗꽃, 살구꽃은 비슷하게 생겨서 얼핏 구별하기가 쉽지 않다. 특히 매화, 살구는 열매까지 비슷하다. 벗꽃은 긴 꽃자루가 있어 꽃이 대롱대롱 매달리

매화

벗꽃

듯 핀다. 매화는 꽃이 꽃자루가 없어 가지에 딱 붙어 있다. 살구는 꽃이 활짝 필 때, 꽃받침이 뒤로 젖혀진다.

친구들에게《궁궐에 나무 보러 갈래?》를 한 권씩 안겨 줬다. 봄에는 다 같이 궁궐에 꽃구경하러 가자고 할 참이다. 나는 기꺼이 가이드가 되어 줄 작정이다.

2부 풀꽃과 함께한 나날들

우리 집 베란다

우리 집 베란다에는 장항아리와 온갖 화분들이 있다. 수시로 베란다에 나가 화분에 물 주고, 화초 다듬고, 요리조리 햇볕과 바람이 잘 통하게 화분을 옮기고, 장항아리도 살펴본다. 소소한 일이지만 날마다 꼭 하는 일이다.

장을 담근 지는 얼마 되지 않았다. 장 담그기 책에 그림을 그리면서, 처음으로 장을 담갔다. 늘 친정 엄마한테 얻어먹기만 했다. 담근 적이 없어서 처음엔 엄두가 나질 않았다. 장 담그기 책을 내면서 장 담그는 일은 참 쉽다는 것을 알게 됐다. 그래서 선뜻 도전하게 됐다.

풀꽃과 살아가는 날들

2월에 장항아리를 장만하고, 메주도 사고, 소금도 샀다. 3월의 어느 말(馬)날을 잡아 장을 담갔다. 항아리에 메주를 넣고 소금물을 만들어 항아리에 붓는다. 그리고 유리로 만든 항아리 뚜껑을 덮어 둔다. 40일이 지나면 장을 가른다.

메주에 장 물을 섞어 손으로 치댄 뒤 항아리에 담가 꼭꼭 눌러 준다. 유리 뚜껑을 닫고 숙성시킨다. 한 달이 지나면 먹을 수 있다.

따로 둔 간장을 서너 시간 달여서 식혀 항아리에 담는다. 간장은 바로 먹을 수 있다.

처음 장 담근 거치고는 꽤 맛이 좋다. 내가 직접 담근 장이라서 더 맛있는 거 같다.

여기저기 자랑했다. 나 장 담그는 여자야! 뿌듯하다. 쉰이 넘어서야 이제야 비로소 진짜 어른이 되었다 싶다. 친정 엄마에게 제대로 독립한 기분이다. 나 자신이 기특하다. 우리 엄마도 대단하다며 칭찬하셨다.

베란다에 사는 화분들은 고무나무, 벤자민, 야자수, 민트, 로

즈마리, 산수국……까지, 여러 가지
다. 작은 크기의 화초들을 사다가 심
어 키웠다.

제일 오래된 식물은 벤자민이다. 큰
애가 초등학교 3학년 때, 작은 애기나
무를 집으로 들여왔다. 그때부터 13
년 넘게 키웠다. 연수에 비해 키가 크진 않다. 이사를 자주 다
녀 환경이 자주 바뀌니 고생해서 그런가 싶다. 우리 집 역사와
같이한 식물이다.

로즈마리도 오래 키웠다. 5년 정도 키웠다. 처음에는 작았는
데 이제 나무줄기처럼 자랐다. 가지를 잘라서 물에 담가 뿌리

를 내리게 해서 화분에 옮겨 심어
서 키우니, 제법 큰 나무처럼 세 그
루가 자라고 있다. 로즈마리는 향도
좋고 음식에 쓰임도 많다. 잎을 말
려서 고기 구울 때 사용하면, 고기
잡내를 없애 준다. 키우기는 까다롭

풀꽃과 살아가는 날들

다. 바람 잘 통하는 곳에 두어야 하고, 적당히 물도 잘 줘야 한다. 몇 번을 관리 잘못해서 위기가 온 적도 있다. 로즈마리는 환경이 참 중요하다.

가끔 베란다 화분들을 바라보다가 그냥 싹둑 싹둑 화초들을 못살게 굴 때가 있다. 잎사귀도 솎아 주고 가지치기도 하고 화분 정리를 심하게 해 줄 때가 있다. 그런 다음 날은 날이 궂다. 비가 오거나, 흐렸던 날이 많았던 것 같다.

어릴 때 우리 집에 살던 똥개가 화단에 들어가 화단을 헤집고 풀을 뜯고 다니면 엄마는 날이 궂으려고 개가 그러는 거라고 하셨다.

희한하게도, 내가 화초 건드리고 나면 꼭 날이 궂었다. 음, 어릴 적 똥개를 닮아 가는 것인가. 아무튼 묘하다.

사랑 고백하는 풀, 괭이밥

베란다 화분에는 괭이밥도 산다. 언제부턴가 괭이밥이 화분에서 함께 살고 있다. 어떤 경로로 괭이밥이 우리 집으로 들어왔는지는 모른다.

사오 년 전쯤으로 기억되는데, 호야를 심은 화분에 하트 모양의 작은 잎을 가진 괭이밥이 자리를 잡았다. 별로 신경 쓰질 않고 그냥 두었더니 어느새 호야 화분 빼곡하게 자리를 차지했다. 호야 잎은 뻣뻣하고 두껍다. 호야 잎 사이사이에 비집고 작은 하트 잎들이 옹기종기 하늘거린다. 어느 날은 꽃봉오리가 올라왔다. 노란 꽃을 피웠다. 예쁘고 귀여웠다.

겨울을 지나도 죽지 않고 다음해
에 또 보였다. 어느새 이 화분 저 화
분에 괭이밥투성이다. 방치해 두니
제멋대로 여기저기 자랐다. 안 되겠
다. 솎아 내야지. 화분이 지저분해져
서 괭이밥을 뽑아냈다. 괭이밥 뿌리

가 제법 깊숙이 들어 있다. 연하디 연한 것이 완전히 제거되지
않는다. 줄기가 기다랗게 뻗고 뻗어서 자라고 있었다. 줄기는
기어가면서 자라는데 줄기마다 마디가 흙에 닿으면 이내 뿌리
가 생겨 땅속으로 내리고 있다. 잎줄기는 위로 뻗어 하트 모양
의 잎이 나를 사랑한다며 고백이나 하듯이 하트 뿅뿅한다. 번
식력이 대단하다, 대단해.

　어느 날 베란다 벽 쪽에 웬 까만 점들이 다닥다닥 붙어 있는
걸 봤다. 화초에 진딧물이 번졌나 걱정했다. 아이고, 어이없어
라. 알고 보니 괭이밥 씨앗들이다. 괭이밥 씨앗 주머니가 익어
툭, 터져 벽에 탁, 하고 안착한 것이다. 베란다 바닥 여기저기,

그리고 이 화분 저 화분에 씨앗이 떨어져, 온 화분이 괭이밥 천지가 된 거다. 멀리도 튕겨 나갔다. 순간, 딱 하고 튕기는 힘이 좋다.

이러니 우리 집 베란다가 괭이밥 밭이 되어 버린 거다. 씨앗으로도, 줄기로도 번지니 엄청난 번식력이다.

괭이밥은 키 작은 여러해살이풀이다. 잎은 세 개의 하트 모양의 겹잎이고 씹어 보면 신맛이 난다. 밤에는 세 개의 잎이 오므라든다. 꽃잎은 다섯 장으로, 긴 꽃자루에 달리고 노란 색이다. 괭이밥은 고양이가 배탈 날 때 먹는다 해서 이런 이름이 붙었다. 예로부터 식용, 약용으로 쓰였다. 나도 애물단지 괭이밥을 잘 키워서 잎을 생으로 샐러드 해 먹거나 된장국에 넣어 먹어 봐야겠다. 우리 집 새로운 식재료에 도전!

특별한 선물, 하루

올 여름은 몹시 덥고 길었다. 숨쉬기가 힘들 정도다. 온 나라가 다 타들어가는 것 같다. 길가에 나무와 풀들과 더불어 사는 생명들이 더위에 지치고 힘들어하고 있다. 세상 모든 것들이 지치고 있었다. 아들도 지치나 보다. 아들 쳐다보는 내 마음도 지친다.

아들은 이제 대학 4학년생이다. 올 8월에 독일에 일주일 다녀왔다. 시차 적응하랴 마음 정리하랴 고생하고 있다. 지금 거실에 널브러져 있다. 독일에는 피아노 레슨을 받으러 갔다. 이번이 세 번째 레슨.

아들은 피아노 전공자가 아니다. 공대생이다. 아이가 초등학교 1학년 때 남들 다 하는 예체능 과외로 피아노를 시작했다. 아이는 싫증도 내지 않고 피아노를 뚱땅거리며 치는 것을 좋아했다. 중학교 가면 그만 하려나 했는데, 친구들과 학원 마치고 근처 교회 가서 피아노를 치며 놀더라. 중학교 3학년이 되자, 아이가 예고에 보내 달라고 했다. 남편도 나도 피아노로는 밥벌이가 안 되니 공부를 하라고 반대했다. 일반 고등학교에 진학하고 나서도 공부를 열심히 하기에 피아노에 대한 맘을 접었나 싶었다. 그러다 고등학교 2학년 때 아이가 반항을 심하게 했다. 많이 싸웠다. 원망도 많이 들었다.

피아노를 하고 싶은데 못 하게 하니 아이가 많이 힘들어했다. 대학 들어가면 그때는 너 하고 싶은 거 하라 했다. 나도 어쩔 수 없는 보통 엄마. 아들은 공부를 열심히 해서 대학에 입학했다.

입학하자마자 다시 피아노를 치기 시작하더라. 공부도 열심히, 그리고 피아노도 열심히 했다. 피아노 전공하는 음대생들보다 더 많은 시간을 투자하며 피아노 연습을 했다. 시간만 나면 집에서 온종일 뚱땅거렸다. 집에서 작업하는 나는 아들 피아노 소리를 지겹도록 들었다. 연습하던 곡이 완성될 때쯤이면 참 듣기가 좋았다. 아들이 치는 바하의 곡들은 마음을 차분하게 만들어 주었다.

에너지가 많은 아들은 리스트의 곡을 좋아했는데 아들 성질과 잘 맞는 거 같다. 나는 바하의 곡을 좋아한다.

아들은 2학년 1학기를 마치고 입대를 했다. 입대해서도 피아노를 멈추지 않았다. 공군에 입대한 이유도 피아노 때문이었다. 6주에 한 번 휴가를 나올 수 있기 때문이었다. 휴가 나온 닷새 내내 피아노 연습만 하다가 복귀했다. 그렇게 2년 4개월의 군 생활을 마치고 아들은 본격적으로 피아니스트의 꿈을 향해 독일어 공부, 피아노 연습, 음악 이론 등, 독일 음대 유학의 꿈을 차곡차곡 구체화시키고 있었다.

그러다 작년 여름에 아는 분 소개로 독일 음대의 피아노 교수를 만나게 되었고, 그분에게 피아노 레슨을 처음 받게 되었다. 레슨을 받고는 실력이 점점 느는 것이 보였다. 잘 치고 싶은 욕구가 강하다 보니 정말 열심히 피아노 연습을 했다. 아들

은 피아노를 잘 친다. 타고난 음악적 재능이 있는데다 노력도 많이 한다. 어릴 때 좋은 선생님 만나 제대로 된 음악 교육을 받았더라면, 그리고 그때 우리가 여유가 더 있었더라면 하는 아쉬움이 내내 있다. 하지만 어쩌겠는가? 다 지난 과거인 것을…….

올 2월에 독일에서 레슨을 받고 나서는 그 길에 확신이 서는지 자신감도 생기고 정말 좋아라 했다. 그로부터 6개월 뒤에 음대 입학 시험 준비를 위한 마지막 점검 차 일주일간 독일에

다녀왔다. 그러더니 아들은 깊은 고민에 빠졌다. 마지막 레슨이 끝나고 교수가 그러더란다.

"연주자의 길은 힘들다. 행복하지 않다. 최고로 잘해도 기회가 거의 없다. 대학 입학이 문제가 아니다. 잘하고 못하고의 문제가 아니라 환경이 안 좋다. 기회가 주어지지 않는다."

집에 돌아가서 잘 생각해 보라고, 네 인생에서 어떤 선택이 좋을지 고민해 보라고. 아들의 어깨가 축 처져 있다.

예술가의 삶은 힘들다. 예전이나 지금이나 마찬가지다. 그래도 열심히 잘해 내면 기회는 오는 법인데, 잘해도 기회가 거의 제로 상태라는 것이 아들에게는 충격이었던 거 같다. 긴 한숨이 나온다. 나도 해 줄 말이 없다. 학교 공부도 열심히 하면서 피아노 연습을 같이 하느라 대학 생활을 즐길 여유도 없이 달려온 아들이 안쓰러웠다. 눈물이 났다.

며칠을 끙끙거리며 무기력하던 아들이 내년 1월 음대 입학 시험을 보고 나서 결정해야겠다고 한다. 지금까지 해 오던 대로, 독일 교수에게 받은 레슨을 토대로 곡을 제대로 완성시키고 싶다며 피아노 연습실로 간다.

나는 아들의 선택을 존중한다. 지금이 중요하다. 미래를 너무 생각하면 현재가 갑갑하다. 현재를 열심히 살아가다 보면 길이 보이겠지. 그래서 현재를 영어로 'present(선물)'이라고 한 모양이다. 특별한 선물을 받은 것처럼, 하루하루 소중하게.

여러 생각에 새벽에 일찍 일어난다. 동네 산책길에 달개비 꽃이 나를 쳐다본다. 달개비 파란 꽃이 속삭인다.

'걱정하지 말아요. 어떠한 선택을 하든, 삶은 이어지니까요.'

그깟 바람쯤이야

세월이 참 빠르다. 아니, 느리게 가는 것도 같다. 기쁨이 충만하고 즐거울 때는 빠르게 지나가는 거 같고, 괴롭고 힘든 때는 더디게 가는 것처럼 느껴진다. 바쁠 때는 시간이 부족하고 한가할 때는 시간이 남아서 심심해진다. 마음의 시간들이 이처럼 간사하다.

식구들과 별일 없이 행복했던 시간들은 순간이었던 거 같고, 힘들었던 때는 서운하고 괴로워서 그 시간이 길게 멈춘 듯이 느껴진다. 맘에 오래도록 안 좋은 기억을 되새김질하며 곱씹는 성격 탓에 더 힘들기도 하다. 좋은 생각으로 살면 좋으련만, 맘 다스리기가 쉽지 않다.

욕심 부리지 말고, 기대하지도 말고, 있는 그대로 인정하자. 맘을 내려놓아야 서로 편해진다. 하지만 내려놓고 살기가 어디 쉬운가.

우리 가족은 25년을 가족이라는 울타리 속에서 지금껏 살아오고 있다. 아이들은 독립할 준비를 서서히, 느리게 하는 중이다. 나는 가정주부라는 역할을 지겨워하는 중이다. 아직은 때가 아닌데도 그런다. 자꾸 부딪힌다.

아이들과 목소리 커지는 일이 잦다. 아이들이 이십 대쯤 되면 나도 좀 편안해질 거라는 기대가 깨지고 있는 중이다. 친정 엄마는 늘 그랬는데, "쉬어갈 날 없다"고. 그 말씀이 요즘 들어 왜 이리 서글프게 들리는지 모르겠다. 부모 노릇에는 끝도 없다.

나이 먹으니 목소리는 커지고 인내심은 준다. 나도 갱년기 발악을 하는 거 같다. 평정심 찾기가 어렵다. 오십 대 중반쯤 나이 먹으니 감정이 출렁거리면 몸이 아프고 힘이 든다.

나는 밝은 영혼들이 좋다. 자연의 색으로 보자면 5월의 푸

르름쯤 되려나. 밝은 연둣빛, 녹색 같은 게 좋다. 이때가 가장 예쁘고 건강하게 보인다. 우리 애들이 딱 그때다. 지금이 가장 예쁘고 건강한 이십 대다. 그애들이 지금 고민도 많고 심각하다. 미래에 대한 확신도 없고 혼란스러워한다. 제대로 방향을 잡고 앞으로 잘 가고 있는지 걱정도 되고 의문도 많이 드는 때인 것이다. 그래서 애들이 나에게 투정도 세게 한다.

나도 이십 대를 지나왔다. 어리숙하고 혼란스럽고 불안했지만, 즐겁고 재미도 있었다. 내 아이들이 겪는 이십 대, 나 또한 그렇게 지나갔다. 그런데도 같은 공간에 다른 시간대를 살아가고 있는 나와 아이들은 서로 이해하지 못하고 힘들어하고 있다.

창밖에 느티나무가 바람에 흔들린다. 그래도 나무는 중심이 흔들림 없이 꼿꼿하게 서 있다. 아무 일 없다는 듯이, 바람쯤이야 아무것도 아니라는 듯이.

여유를 갖고 차분하게 지켜보자. 인생 너무 열심히 살아도 문제, 너무 헐겁게 살아도 문제. 지금은 적당히 넘어가자. 큰일

2부 풀꽃과 함께한 나날들

없이 건강하게 산다는 것에 감사하며 지금에 충실하자. 아이들 고민은 애들에게 맡기고 나는 나를 위한 삶을 차곡차곡 준비하면 되지 않겠는가. 내가 잘 하는 거, 하고 싶은 거, 앞으로 해야 할 것들 잘 준비해서 다가올 육십 대를 건강하게 맞이하고 싶다.

풀꽃과 살아가는 날들

지금이 좋은 시절

아이 키우고 살림하느라 힘들다 투정하면 엄마는 늘 내게 "지금이 좋을 때다." 하셨다.

나이 먹고 늙으면 재미있는 거 별로 없다고, 웃을 일도 슬플 일도 그냥 그렇다고 하시며 지금이 제일 좋을 때라 생각하고 살 거라, 하셨다.

내가 삼십 대에도 사십 대에도 그러셨다. 쉰이 넘어 이제 중반으로 가는 길목에 있자니, 엄마 말씀 조금 알 듯하다.

아이들이 크니 혼자 있는 시간이 많아졌다. 정말로 크게 웃을 일도 슬픔도 조금은 줄어든 거 같다. 예전에 그리 좋아하던

음악도 덜 듣는 편이다. 조용히 무심하게 보내는 날들이 많아

졌다.

　내가 정신없이 그림 그리며 지내던 십여 년 전은 뒤돌아볼

틈도 없었다. 그림 의뢰가 들어오면 계약 날짜 안에 작업을 끝내려고 밤잠을 줄여 가며 그림을 그렸다.

　아침에 남편 출근시키고 아이들 학교 보내고, 집안 청소하고, 책상 앞에서 그림 그리다 보면 금방 점심이다. 간단히 점심 먹고, 다시 책상에 앉아 그리다 보면 작은애, 큰애가 학교 마치고 집에 왔다. 조금 있으면 어느새 저녁 준비를 하고 설거

지, 청소, 빨래 개고 나면 밤 9시쯤 된다. 다시 책상 앞에 앉아 그림을 그렸다. 마감 날을 지키려고 꼬박 열두 시간을 앉아 있던 날도 많았다. 그렇게 한쪽만 바라보며 살다 보니 내 등 뒤에 있는 그늘을 보지 못했다.

정신없이, 내 가족의 상처도 모른 채 빠르게 사십 대를 보냈다. 사춘기를 지나 아이들이 성장하고 자기 목소리를 내기 시작했다. 불협화음이 들려왔다.

큰아이는 진로 문제로, 작은아이는 친구들 문제로 힘들어했다. 특히 작은아이는 힘들게 학교 생활을 했다. 스트레스 때문에 몸이 많이 아팠다. 그러면서 남편과 다툼도 심해졌다. 무관심에 대한 책임 공방을 하게 되었고, 그 때문에 과거 서운하게 했던 여러 일들을 쏟아 부으면서 집안 분위기는 화산이 폭발할 것처럼 위태로워졌다. 가족 간에 서로 서운하고 응어리진 감정들을 토로하게 되면서 서로 공격하고 외면하고 온갖 감정들이 쏟아져 나왔다. 이런 불협화음들은 한동안 우리 집 공기를 서늘하게 만들었다. 그렇게 시간이 흘러가고 남편과 나는 반성하고 가다듬고 추스르게 됐다. 자연히 아이들도 안정을 찾고 자기 생활을 잘들 해내고 있다.

우리들 인생은 속고 또 속는 삶이다. 오늘이 고단하면 내일은 좋아지겠지, 내일은 더 나아질 거야, 하고 위로한다. 하지만 올해나 내년이나 살다 보면, 넓게 보면 별 차이가 없는데, "내년에는 더 좋은 날이 올 거라는 희망을 품고 그 희망에 속고 사는 게 우리네 인생이다"라는 엄마의 넋두리가 떠오른다.

지나오면 힘들었던 시절도 추억처럼 옛 얘기 하듯이 할 때가 온다는 말이 맞는 거 같다. 세월이 약이다. 뻔하지만 그렇게 삶은 이어진다.

2부 풀꽃과 함께한 나날들

1. 웃는돌고래

<자연이 키우는 아이> 시리즈

1. 꽃이랑 소리로 배우는 훈민정음 ㄱㄴㄷ
2. 동물이랑 소리로 배우는 훈민정음 아야어여
3. 아침에 일어나면 뽀뽀 —암컷과 수컷의 차이점 찾기
4. 개미 100마리 나뭇잎 100장
   　　　—가을 나뭇임으로 배우는 숫자 0부터 100까지
5. 색깔이 궁금해 —잠자기 전에 읽는 색깔책
6. 콩이네 유치원 텃밭7. 곤충 기차를 타요
   　　　—곤충을 즐겁게 만나는 첫 책
8. 공룡들아, 밥 먹자 —공룡을 즐겁게 만나는 첫 책
9. 딸기는 딸기 맛 —즐거운 과일 맛보기 수업
10. 너희 집은 무엇으로 지었어? —동물들의 재미난 집 구경

2. 아이들은 자연이다

<아자 이모의 생활 도감> 시리즈

3. 철수와영희

<철수와영희 어린이 교양> 시리즈

<철수와영희 어린이 인문생태 그림책> 시리즈

4. 현암사

<비교하며 배우는 기초> 시리즈

5. 그 밖의 작업들

풀꽃과 살아가는 날들